이기호 시집

마 | 음 | 의 | 등 | 불

한누리
미디어

책을 내면서

　나는 교직에 첫발을 내디디면서 오늘에 이르기까지 긴 세월을 오직 교직이라는 한 길만을 걸어왔습니다. 주어진 교직을 천직으로 여기고 열심히 살다 보니 문학에 대한 관심은 일찍이 가졌으되 늦어질 수밖에 없었습니다.
　시인이 시집을 낸다는 것은 보람도 있는 일이면서 두려움도 앞서는 일입니다. 이런 날이 자주 왔으면 참 좋겠습니다.
　《마음의 등불》, 이 시집은 어린 시절의 고향에 대한 그리움과 부모님을 기리는 마음을 1부에서 활짝 펴 보고 싶었고, 교직자로서 〈스승의 길〉, 〈스승의 은혜〉, 〈그런 사람이 되련다〉, 〈이제는 깨달았네〉, 〈이런 것 있으면 좋겠네〉, 〈부탁〉, 〈내 마음 창문을 열고 살리라〉, 〈우리의 삶〉 등을 통하여 훈화교육적인 면으로 제2부에 담아 보았으며, 〈연인〉, 〈당신의 사랑〉, 〈그대만 보면 나는 못난이〉, 〈소망〉, 〈구박〉, 〈차 한 잔의 여유〉, 〈빈 마음〉, 〈그 아픔〉, 〈우리들의 사랑은 다 그런 것〉, 〈그리움〉, 〈행복한 삶〉 등으로 제3부에서 노래하였습니다. 〈숲 속의 방〉, 〈숲 속의 방 새는 울고 있다〉, 〈귀〉, 〈봄의 절정〉, 〈한 잔의 술〉, 〈나의 삶〉등 자연을 노래한 것들을 제4부에 담았습니다.

부족함을 알면서도 새로운 삶을 다시 시작하고 지난 생을 반성하고자 하는 겸손함을 내 자신에게 보여주고픈 마음에서 미흡한 글들을 모았습니다. 내 자신을 사랑하고픈 충정으로…….

시시 때때로 슬플 때든 기쁠 때든 사랑하는 사람의 모든 것이 나의 중심에 다가와 있어야 하고 나의 모든 것이 사랑의 중심에 서 있어야 행복한 삶이라 확신합니다.

이순耳順의 문턱을 넘으면서도 부모님을 기리는 도리와 가르침의 애정과 젊음의 사랑이 불타고 있기에 앞으로도 의미있는 삶을 살아가렵니다. 이 모든 것의 근본이 사랑이라 확신하기에…….

의상이 우리 몸의 날개인 것처럼 사랑은 우리 주변을 항상 따스하게 해 주고 있는데도 그 실체를 쉽게 밝혀내지 못합니다. 나의 이러한 생각들이 나의 시와 나의 삶을 연결시켜 주고 있습니다.

《마음의 등불》, 이 시집을 세상에 내어놓는다고 생각하니 참으로 부끄럽기 그지없습니다만 용기를 내어 이 시집을 독자 제현들께 내보입니다. 부족한 점 허물하지 마시고 바른 가르침 주시기를 바라며 그 가르침대로 더욱 진솔하게 노력할 것을 다짐합니다.

한국 문단을 이끄시느라 매우 바쁘신 중에서도 부족한 글을 보아주시고 해설을 통하여 용기와 가르침을 주신 국제펜클럽 한국본부 이수화 부이사장님께 감사의 말씀을 올리며, 시집 발간에 용기를 주신 한누리미디어 김재엽 사장님, 글을 쓰도록 배려와 관심으로 독려해 주시고 정리에 애써준 이강우 시인님께 감사드립니다.

끝으로 본교 교직원 여러분께서 삼락三樂이 항상 있기를 기원하고 나의 가족과 우리 제자들과 이 기쁨을 함께 하고자 합니다.

2005년 8월 1일 아침

서당書堂 이 기 호 사룀

차례

1부 행복의 길

■ 책을 내면서 | 7

행복의 길 | 16
나의 어머니 | 17
나물 | 21
아들의 가슴에 묻어 둔 | 22
바람 소리 | 23
사모곡 | 25
아버지 | 26
감나무 | 30
어머니 아버지 그랬지 | 31
산은 나의 형 같아 | 33
귀성길 | 35

낙엽 | 37
풍차에 때가 오면 | 39
귀환 | 40
고향 | 41
새벽길에서 | 42
눈의 풍경 | 43
안성맞춤의 고장 | 46
환절기 | 48
우리 동네 | 49
고향 들 | 51

2부 스승의 길

스승의 길 | 54

길 | 56

대한독립만세 | 57

그런 사람이 되련다 | 58

스승의 은혜 | 60

이제는 깨달았네 | 61

헝원제 | 64

이런 것 없으면 좋겠네 | 65

이런 것 있으면 좋겠네 | 67

화장실 | 69

눈높이 | 70

행복의 씨앗 | 71

부탁 | 72

그 날 더 | 73

새해 새 아침 | 74

내 마음 창문을 열고 살리라 | 78

가나다라마바사아자차카타파하 | 80

레스피아 | 81

속임 | 82

그 마음이 더 | 84

서당 | 87

무궁화 | 88

우리의 삶 | 89

이기호 시집

차례

3부 마음의 등불

마음의 등불 | 92

연인 | 93

당신의 사랑 | 95

당신에게 | 96

그대만 보면 나는 못난이 | 98

소망 | 100

구박 | 101

차 한 잔의 여유 | 102

사랑 | 104

빈 마음 | 105

그 아픔 | 106

웃음 | 107

사랑의 확인 | 108

그대의 향기 | 109

커피베리의 독백 | 110

주는 것 | 111

고통 | 112

우리들의 사랑은 다 그런 것 | 114

그리움 | 118

아픔 | 119

친구 | 120

친구야 웃고 살자 | 121

오월 | 122

친구야 피서 오렴 | 124

행복한 삶 | 126

행복 | 127

내 마음의 향수 | 128

4부 숲 속의 방

숲 속의 방 | 130

숲 속의 방 새는 울고 있다 | 132

귀 | 133

봄 | 134

봄의 절정 | 136

사월이 오면 | 138

한 잔의 술 | 140

의지력 | 141

나의 삶 | 142

나는 | 143

우리들의 얼굴 | 144

목숨 | 146

우리의 산천 | 147

여수천의 풍경 | 148

탄천의 풍경 | 149

바다로 가자 | 150

한 껍질 벗겨지는 소리 | 153

칡 머리 | 155

한계령 풍경 | 157

덕유산 | 158

칠연폭포 | 159

향수 | 160

수석 | 162

우취인의 인생 | 163

죽주산성 | 164

작품해설 • 이기호 詩, 성찰의 상상력 | 李秀和 | 168

이기호 시집

1부
행복의 길

행복의 길

부모가 자식을 낳아서 기르며
사랑하고 먹이며 입혀서
행여나 잘못할세라
노심초사 걱정하며
정성을 다하여 가르치려는 길

자식들은 부모님께
소망과 덕행을 기억하고 모시는 길

돌아가신 후 은덕을 기려
제사를 정성껏 모시는 길

아들 딸 잘 낳고 오순도순
가업을 행복으로 승계하는 길

그 효도의 길 가고자 노력하는 마음.

나의 어머니

어머니는
어느 때는 아슴해서
어느 때는 아스므레 하다가
아들의 눈으로는 보이지 않는
먼 곳에서 보고 계시옵니다

어머니가 눈물을 흘리는 모습을
내 생애에서 세 번 보았습니다
이수의 다리가 아파서
병원에 입원할 때
이수가 아그들 적 홍역으로
고생 끝에 죽었을 때
네가 군대 입대하던 날
어머니는 할머니와 함께
시장까지 오시어
두 분이 손을 꼬옥 잡고
눈물을 흘리던 그 모습을
나는 보았습니다

나는 아그 때
잔병이 많아서 고생했고

이기호 시집

어머니는 항상
나를 업고 일을 했으며
풀리지 않는 고독과 좌절
힘든 나날에
고난 같은 거로 살아왔습니다

어머니는
우리 아버지를
6·25 참전 용사로 보내시고
견디기 어려운 역경도
자식 위해
어머니의 사랑은 그지 없었습니다
어머니는 꾸밈이나
거짓이 없는 순수한 분
부뚜막 위에
정안수 종지에 떠놓고
아들 위해 빌어주는 어머니는
아름다운 모습입니다

아적에 일찍 일어나시며
밥짓기 전 한 종지의 쌀 모아두고

용처에 사용하던 어머니는
소비절약을 몸소 실천하시고
일하실 때 당당하며
세상살이 쉬운 것은 없다고
아들아 세상 살기 힘들다던
그 말씀 그 모습이 그립습니다
성실 절약 인내하시던 어머니는
덕이 높은 분이셨습니다

낮에는 농사짓고
산에 사람이 보이면
나무꾼이 있는지 산에 가시고
나주에는 삼베길쌈에
누에 농사짓던 어머니
일에서 삶을 찾으셨던 애옥살이
거룩한 희생이셨습니다
밤마저도 죽여 가며 바치셨던
거룩한 삶이셨습니다

추우니 불 쬐렴
손을 꼬옥 잡아 주셨던

어머니 모습이 그립습니다
아궁이의 장작불은 여울여울
가마솥의 엿은 설설 고아지고
어머니는 손수 한과 만들어
이웃과 집안에 나눠 주시고
가족에게 먹게 했습니다

내 삶의 표상 어머니는
아들 꽃피는 모습을
보시지 못하고 타계하시었으니
아들은 어머니께 반포지효도 못하여
가슴 저며 쓰리고 아팠습니다

어머니께서 평소 하신 말씀
너무 욕심 부리지 말며
형제간에 우애 있고
노력하며 사는 거다
어머니의 깊고 넓고 높은 뜻 받들어
한 평생 보람 있게 살겠습니다.

*아슴해서 : 아득하고 멀어서/ 아스므레 : 희미하게/ 아수 : 아우의 전라, 충청 방언/ 아
그들 적 : 아이 적/ 아그 : 아이의 전라 방언/ 아적 : 아침의 방언/ 나주 : 저녁의 고어/ 애
옥살이 : 고생하며 사는 살림살이

나물

소쿠리에 칼 넣으시고
호미 넣으시고
나에게 바구니 들게 하시곤
동구 밖 들녘에 가자꾸나
밭에 밭두둑에서 벌금자리 캐서
볼이 터지게 쌈 싸 먹자꾸나 하시던
어머니

흰 꽃이 피면 세어서 못 먹는다
들 길가에 핀 질경이
달걀 모양의 잎은 나물 씨는 약재
돌나물 어린 줄기와 잎은 물김치를 담자꾸나

들밭에 나는 냉이
잎과 뿌리는 국거리
어느새 어머니의 손등에
잔주름 깊어진 주름
어머니의 얼굴엔
굵어진 주름
나물 차린 밥상에
어머니의 함박웃음이 그득.

아들의 가슴에 묻어 둔

어머니 어디 계십니까?
당신의 아들은 여기에 있는데
아무리 불러도 말씀 한 마디 없이
떠나가신 어머니

불효자식은 어머니 보고 싶어서
밤새워 기다리고 찾아보았으나
방안에는 어머니가 벗어 둔 외투
쓰시던 생활용품만이
단정하게 놓여 있습니다

불효자는 어머니 꼭 만나야 합니다
이 아들 효도 못한 가슴에 박힌 못을
뽑아 주시고 가야 합니다

어머니
무선 전화기
저 하늘나라에도 있다면
얼마나 좋아하실까
어머니 오늘도 불러봅니다.

바람 소리

오매는
오늘도 하루 바쁘게 사신다
일의 순서대로 일하시는 분
겨울나무 가지 끝으로……
잉잉잉잉
세찬 바람소리
아득하기만 하다

오매는
오늘 같은 날
추워서 힘드시니
때로는 좀 쉬십시오
바락이 불어야 배가 가지
바락이 불어도
할 일은 하는 거다

오매는
늘 자식 위해 힘들고 어려움의
길 위에 서신다
때때로 오신 길 알고 있어도
아무런 내색이 없는 분

이기호 시집

자식 위한 길이라면
가시밭길이라도 발걸음 내딛는다

오매는
샘물 길어서 물동이 머리 위에 이고
빨랫거리 담은 함지박 머리 위에 이고
새참거리 담은 광주리 머리 위에 이고
나뭇가리의 소나무 단 머리 위에 이고
잉잉잉잉 휘몰아치는
바람 소리 길 위에 서신다

헝클어진 머리카락
오매의 볼 언저리 스치고
옷섶을 헤집는 바람 소리
잉잉잉잉
세찬 바람 소리
아득하기만 하다.

*오매 : 어머니의 전라 방언

사모곡

어머니는 보이지 않는
저 세상으로 구름처럼
흔적마저 남기지 않으시고
홀연히 가셨습니다

내게 있어 어머니는
어느 곳에도 가지 않으셨고
오즉 내 눈 앞에 계시옵니다

주름을 활짝 펴고
환희에 찬 웃음 지으시며
오늘도 치맛자락 활짝 펴신 채
나를 감싸 주십니다

그 품안이 그리워집니다

어머니는 별이 되어
나의 길을 밝혀 주십니다.

이기호 시집

아버지

아버지는 겨우내
가마니를 짜시던 분

장날이면 가마니 내다팔고
서운한 마음 드셨는지
검정 운동화
검정 고무신
사가지고 오신다

그냥 오시면
내 심통이 짜증을 부리고
어머니는 서운한지
동생 것도 사주어야지……

시간만 있으면 아버지는
새끼 꼬고 볏짚 추려
가마니틀에 다가앉아
볏짚 바느질에 바디질하신다

가마니 짜기 대회
면 대표 선수로 출전하여

군 대회에서 1등으로 입상하신 분

나는 표창장을 볼 때마다
얼마나 많은 훈련하시어 상 받았을까
할머니 말씀
너도 저렇게 무엇을 하든 열심히 하면
훌륭한 사람이 되느니라

할머니는 내 볼에 뽀뽀하시고
엉덩이 다독거린다
이 귀여운 내 손자
삼신할머니 고맙게도 점지하여 주셨어
할머니 말 잘 들어라

호야
아버지는 6·25 참전으로 집에 안 계시니
동생들 잘 데리고 잘 놀아야지……
어머니는 논밭으로
눈코 뜰 새 없이 일을 하신다

아버지는 병참단의 재봉사

재봉틀 소리만 들어도 고장을 아신다
의가사 제대하셔서
늘 시간만 있으시면
심화心火의 고개 이리 저리 흔드시며
골똘히 생각하고 또 생각하며
어느 때는 혼자서
하하하하 하하하하
심금의 소리 웃음짓는 소리다
무엇인가 연구를 하시었다

백지와 필기구는
아버지 옆에 놓여 있고
고구마로 관을 만들기
성냥개비로
나무 몇 개가 있어야 집짓는지
초미니의 모형 한옥집
초미니의 모형 제각
만들고 감상하시고
밤 지새워 연구하시는 아버지
그 모습 참으로 아름다웠다
전주 시내 한옥마을

그렇게 많은 집들이
아버지 작품인 것을……

남의 집에 일찍이 가시면
집주인 내다보지 않고
개만이 짖는다고 서운한 마음 실토하시던 분
설계 도면대로 일하시어도
집주인은 이것저것 추가로 해 달라
아버지는 인건비 더 달라
이런 저런 참 힘들고 시들푼 이며

무엇을 하든지
쉬운 것은 하나도 없지
아들아 세상살이 어렵다
아버지 자신은 희생으로 버리신
지고지순至高至純의 아름다운 사랑의 말씀
그 말씀 평생 기억하고 살 것이다.

*겨으내 : 온 겨울동안 죽
*시들푼 : 피곤한, 서글픈

감나무

집에 심었던 감나무는
나의 아들딸들이 그늘을 찾아 노닐고
대화를 나눌 수 있는 곳

고목나무가 될 때까지 그대로 둘지니
너희들
나의 아버지 손길로 남겨 두거라

내가 어린이였을 무렵
그 나무는 고마운 그늘
꿈과 희망 우러나오고
희로애락 젖어 놀았고

어머니가 입맞춤해 준 곳
아버지가 나의 손을 꼬옥 잡아주시던
꿈과 희망을 심어 주신 곳

가을에는 홍당무처럼
붉게 물들여져
어머니의 붉은 입술처럼
나를 보고 웃는다.

어머니 아버지 그랬지

어머니 아버지 어느 분보다도 최고랍니다
어머니가 제일 예뻐요
아버지가 제일 훌륭하신 분
말할 때 아그들 적이라고 말합니다

어머니 아버지는 여적지 뭐하셨어요
명품 하나 제대로 못 사주고
말할 때 그때를 사춘기라고 말합니다

알고 보니 어머니 아버지 불쌍한 분이야
참 고생 많으셨어
말할 때는 청년기라고 말합니다

어머니 아버지의 마음 알 것 같은
그대는 이해하고 어려움을 알고
걱정하며 도와 드리고 싶을 때는
결혼할 시기라고 말합니다

어머니 아버지 심정을 알고
내 자식 성장했을 그때는
삶의 아름다움을 깨달았으니

이기호 시집

애저러워라 말하는 그때는
어머니 아버지는
하늘 나들이하고 계심을 알았답니다.

*아그들 적 : 어린 시절
*여적지 : 여태까지
*애저러워라 : 애달프고 서러워라

산은 나의 형 같아

산은 나의 형 같아
어제 오르고
오늘 오르지만
산은 만고상청하며
어느 때에나 변함없이 나를 반깁니다

이름 모르는 산새 울부짖는
이름 모르는 나무들
소나무, 잣나무, 칡넝쿨이
흔들거리며 어서 오라고
손짓하며 오늘도 왔습니다

산은 오늘도 내일도
어느 때에나 변함없이
그 자리
터잡고 만고풍상 겪고 있으니
나도 이제는
어디든 오래 살고 싶어집니다

산에 오르고 또 오르면
세상 시름 잠시 잊어 보고 싶으니

이기호 시집

내 어찌 잊을 수 있으리오
살다 보면 내 마음의 고향일진대

산 넘어 나의 쉼터
그곳은 약수 있어서
물 한 모금 마시고
찌든 내 손 물 적시면
시원스럽고 맑은 기분이 들곤 한답니다

세상에 있던 슬픔
그곳에 버려 보라고
산처럼 맑고 구김살 없이
살다 가야 한다고
나를 형처럼 늘 품에 안습니다

산은 나의 형 같습니다.

귀성길

햇곡식과 햇과일을
거두어들이는
풍성하고 풍요로운
한가위의 귀성길

하나둘 비어 있는 집들
버스마저 고향을 그리워 한다

진료를 받을 수 있는 병원조차
응급실마저 없어 읍내에 가야 하니
얼마나 힘이 들었을까

설립되어 운영하던 학교마저
하나 둘 폐교되고 있는 고향이
우리 엄니의 얼굴이다

더도 말고 덜도 말고
한가위만 같아라
몸은 즐거운데
마음은 편안치가 않구나

이기호 시집

찾아온 손님이
그냥 돌아간다면
얼마나 서운하랴

힘든 몸으로 장터에 간다
톱을 갈고
장화도 때우며
이것 저것
팔구 사구 돌아오는 사람들

고향이 없어진다
한 번 떠나온 고향은
다시 돌아갈 길 멀구나

내 마음 속 깊은 곳에
잊지 못해 슬퍼 할
고향을 품고 산다.

낙엽

나는 나뭇잎
초록색으로 화장한
아름다운 이름
어린 친구의 기억처럼
아름다운 마음 주었다

나도 한때
좋은 일 많이 했지
어린 시절 일하다 힘들면
놀다 가라고 흔들흔들
손짓을 했다
좋은 그늘로써
좋은 쉼터 되어
쉬다 가라 했다

나는 단풍잎
앵두처럼 붉게
물들여져 있다
몇 달 동안 공들여 곱게 화장한
나를 보고
사람들은 참 아름다운

이기호 시집

단풍잎이라 했다

나는 이제 순리대로
떠날 준비가 되어 있다
한 잎 두 잎 미련 없이
아름다운 발자취 남기고 떠나간다
또 다른 도전의 발걸음이다

이듬 해 봄
새잎이 나오도록 바라며
나는 나뭇잎으로
나는 단풍잎으로
나는 낙엽으로
역할 다하고 떠나간다

이런 시절 즐겁게 뛰며 놀았던
그 자리로
나는 나의 어머니
옆으로 돌아간다
낙엽은 아름다운
이름으로 덮고 간다.

풍차에 때가 오면

내일의 대화를 속삭이고
이루지 못한 꿈
한때는 서당골에서 낙동강까지 뻗고
때로는 걸림돌이 있었지만
내 꿈은 빛났다

길게만 느껴졌던 힘겨운 세월
발자국마다 높낮이를 겨룬 날들……
한 기둥에 돋은 두 가지

그 꿈
황혼이 질 때 먼 산을 보니
새들도 둥지를 찾아 날아간다
내 모습을 웃음으로 보자고 한다

그 끔
내일을 여물게 할 아침은 또 다시 밝고
풍차에 때가 오면
그 끔은 내 마음의 고향이다.

귀환

주문도 섬은 나 가두고
짙은 안개가 나 가두고
가지 마라 하네

주문도 앞에는 아차도
아차도 앞에는 볼음도

비바람 나 가두고
파도가 나 가두고
가지 마라 하네

바람아 파도야
어쩌란 말이냐
그곳에 애정愛情 구묘지향丘墓之鄕 있는데.

고향

순자와 정순이가 결혼하여 고향 떠나가고
아수마저 돈 버는 데는 장사가 최고라고
의정부로 떠나간 후
내가 살던 고향집
누구를 보낸 서러움인가
잡초만이 우거져 있다

알녘집 감나무에 감이 주렁지는
알알이 잘 여물어 탐스럽기 만하다

아수는 고향에서 아부지 문안 드리고
조용히 여생을 사시는 아부지
오늘 하루 어떻게 사셨어요
아제아제하다 문안 전화 드리니
야들아 걱정마라

고향데는 아수만이 농사짓고 산다.

*알녘집 : 앞집 혹은 아랫집
*주렁지는 : 주렁주렁 열리는
*아수 : 아우의 전라 충청 방언
*아부지 : 아버지의 경상도 방언
*아제아제 : 범어 '건너가자 건너가자' 라는 뜻을 지닌 불교용어

새벽길에서

안성에서 분당까지
오늘도 내일도
새벽길 간다

어느 날은
새벽 안개가 구름 되어
비가 되어 내리고

우리들의 인생도
지척불변인 것을

어느 날은
그냥 주저앉고 싶다
포기하고 싶다

산다는 것
우리들의 인생이 짧기만 한 것을

그러나
새벽길을 걸어야겠다
그것이 인생인 것을……

*지척불변 : 한 치 앞을 분별할
　　　수 없음

눈의 풍경

나무 가지에 앉아
깍 깍
까치의 울음 소리
행여 반가운 손님 오시려나

농가에서는
닭의 울음 소리
날이 밝았음의 소리

나무에 하얀 눈꽃 송이 피어 있네
온 세상
하얀 옷 입고
나를 기다리고 있네

나무에 하얀 눈꽃 송이
일념통천一念通天인양
눈 오는 안성의 거리
하얀 옷차림의 그 모습

오늘따라 참 아름다운 것
너에게 도취 되어

기분 좋아 걸음 내딛던 일

하얀 눈은
그리운 님의 소식
눈보라치는 그 맵시
내 젊은 날의 추억

휘날리는 거
그것은 인간의 삶
어느 누구도 밟지 않은
하얀 길 보고 있다

내 젊은 날의
추억 어린 하얀 깃발은
눈보라에 펄럭이며
몸부림친다

청정의 안성
풍요로운 안성
인심 좋고
살기 좋은

이웃과 더불어 살고 싶은 곳

내리는 눈꽃 송이
아름다운 그 맵시
매화꽃 향기
내 마음에 쌓이네

온 세상
하얀 옷 입고 서 있는 너는
나를 기다리고 있었구나

어느 누구도 밟지 않은 하얀 길
안성의 눈 덮인 하얀 길
그 길을 내가 걸어간다.

*하얀 길 : 눈이 하얗게 덮인 길

안성맞춤의 고장

경기도 남쪽
사람들이 살기에 안성맞춤인 고장
따스함이 세상을 깨우던
삼십 년 전 어느 해 춘삼월
아는 이 한 사람 없는 타관 땅

친구에게 엽서 한 장 띄워 놓고
아름답던 추억을 잊고
내 자신과 싸우던 인동초의 생활
하면 된다 오기로 버텨낸 아픔
고독한 철학
교육자의 삶을 펼쳤다네

참으로 아름다운 곳
내가 뿌리 내리고자 선택한 터는
복사꽃처럼 평화롭고 순박함을 지닌
옛 고향 같은 곳이었다네

중앙로 은행나무 가로수에 앉은
텃새의 정겨운 소리
새콤달콤 입맛 돋우는 거봉포도의 가을 맛

곳곳에 선조의 얼이 담긴 문화재와
민족의 혼이 숨쉬는 보물들
충혼의 절개와 피 흘려 지켜낸 아픔들이
평화로움으로 살찌우는 땅
타향인 나를 내치지 아니 하고
고향으로 키워 주었다네

장날에 가면 삶이 부딪는 소리
소와 닭의 울음에 정이 묻어나고
희망이 넘쳐나는 풍요로움은

나의 몸도 마음도 살갑게 살도록 하였네
나 이제 남은 삶도 활짝 핀 무궁화 꽃처럼
고향이 된 이곳에서 행복으로 살려 하네.

환절기

너와 나 사투리가
어울리는 마니아들 저마다
하루의 일정에 허우적대다
오늘 하루를 보낸다

아침 햇살이 밝게 빛나는
여수천의 여울이어라
밤 되면 반짝이는 별들의 눈짓만이
내 가슴 파도를 알거나
내 가슴 기슭을 어루만져 줄거나

철이 바뀔 무렵이면
몸이 오슬오슬 추워지며 열나고 콧물이 나며
졸음에 겨워 눈이 감긴다

이 몸 어쩔 수가 없구나
가슴 파도 치는 답답한
이 가슴 겨웁도록 비워 보아도 가득하구나

환절기 힘들어 몸져 눕다 만
땀 식은 내 몸의 목과 이마 만져 본다.

*마니아들 : 어떤 한 가지
일에 열중하는 사람들

우리 동네

우뚝 솟은 아파트의 숲 사이로
햇살 쏟아내며
해는 솟아 오른다

여덟시 출근 길 아이들
분수대의 물처럼 일시에
장미마을, 매화마을, 목련마을
청구아파트, 주공아파트 문 열린다

오월의 신록이 우거진
여수천의 시냇물 따라 들어선다

벌써 자라나는 아이들 자리잡고
좌정하여 오늘의 일과를 살피고
제 갈 길 따라 나선다

팔을 벌리고 가슴 벌리고
누구는 잠 모자란지
연수골 산 쳐다보고
누구는 여수천 나무를 쳐다보는
그 모습을 보노라면 가슴 뿌듯하다

이기호 시집

애야 조금 더 잘 걸 그랬지
아침 잠 깨우던 참새 까치는
돌마의 푸른 하늘로 날아간다

우리 동네
야탑은 꿈이 많은 마을로 산다
어제보다 더 큰 꿈을 펼친다.

고향 들

심심산천의 저 깊은 내 가슴으로
창문을 열면 솔바람 한 자락에
까치가 날던 고향 들

새벽녘
세상이 온통 안개 속에 묻혀 있는 듯
뿌옇게 덮여 있는데
안개를 헤치며
아침 해는 덕유산 상봉 넘어
밝게 떠오르고 있다

어느 날 고개를 쳐들고 영마루를 보니
아름다운 오색 꽃구름이
뭉게 뭉게 꽃등인양 피어 있다

나는 두 손을 높이 쳐들고
오색 구름을 잡으려 하나
산 너머로 사라지고 만다
때로는 새처럼 훨훨 날아보고 싶다.

2부
스승의 길

스승의 길

스승의 길은 정말 험난한 길
주어진 교과시간에
교육업무에
어느 때는 감기 몸살에도
추우나 더우나
어느 누구도
대신하여 줄 수 없는 길입니다

성실한 스승으로서
사도의 길을 외곬으로 걸어가는
내일의 밝은
조국과 인류의 행복을 도모하는
교사의 모습이었습니다

신념과 사명감의 길
훈육의 길
그리고 험난한 줄 알면서도
굳이 그 길을 선택한 스승의 생활 태도
그 자체가 하나의
생활의 규범인 것입니다

이 길이 고되고 어려워도
내 정성 다하여 미래 가꾸는
나를 새롭게 하는 보람에 살며
부끄럼 없는 거룩한 스승의 길

선생님 자신의 길을
묵묵히 걸어가고 있는
그 모습은 참으로
아름다운 모습입니다.

길

늘 다짐하는 꿈과
늘 발전하는 뜻은
행복의 길로 인도함입니다

어지러운 세상에서 지울 수 없는
초롱초롱한 눈동자 있기에
나는 훈육訓育의 길을 가고 있습니다

남들보다 뛰어나서도
잘나서도 아니고
오직 한 길을 걸어가는
끝도 시작같이 돌아가는
풍차가 있기 때문입니다

정든 제자들 모여 있는
그 꿈 다짐의 터
뜻 있는 곳에 길이 있는 법
그 힘 가지고 새 길을 갑니다.

대한독립만세

일본말을 강제로 가르치고
우리말을 말살시키며 창씨개명을 강요했노라
우리는 압박과 설움에
기미년 삼월일일 정오 거리에서 반포, 절규했노라……

자유를 박탈하고 재산과 살림도 빼앗고 억눌러
나라가 지옥이었다
우리는 압박과 설움에
전국의 남녀노소가 우리의 자주독립을 부르짖었다

정의 인도와 자주독립을 위하여
최후의 일각 최후의 1인까지
우리는 기미년 삼월일일 전진하고
민족자결의 대원칙을 외치게 되자
누구나 죽기로 결심하고
우리는 압박과 설움에
맨주먹으로 그 칼, 그 총을 받아냈다

피 끓는 애국의 거룩한 희생은
우리 역사 속에서
우리 민족의 가슴 속에 길이 빛날 것이다.

그런 사람이 되련다

새벽같이 일어나
신문을 가볍게 보고
즐거운 마음으로
그날 그날의 일정은
그날 그날 처리하는
오늘 해야 할
창문을 열어보자

무엇인가
창조하려는 끈기
그런 마음으로
보다 나은 미래를 설계하고
오늘 해야 할 일
창의하고 실천하는
그런 사람이 되련다

온유하고 겸손한
그런 사람이 되련다

어버이의 뜻 받들어 사는
그런 사람이 되련다

스승님의 교훈 한평생 잊지 않는
그런 사람이 되련다

한평생 사는 동안
남을 위해 조금이라도
즐거움을 줄 수 있는
그런 사람이 되련다

무엇을 하든
남보다 빛나는 일하며
남보다 한 걸음 앞서서 가는
그런 사람이 되련다.

이기호 시집

스승의 은혜

당신의 마음은
바다 물처럼 깊고 늘 푸른 나무
하늘처럼 높고 항상 푸른 마음

된 사람, 꼭 필요한 사람, 참 사람
끝도 시작 같이 더 하는 거
남도 나와 같이 더 하는 거
가르쳐 주신 은혜 그 무엇과 비교하리

범접치 못할 숭고한 희생
그 사랑과 그 끈기를
가슴에 담고 또 담아
당신 좇는 인간 되어 보답하리라.

*범접 : 가까이 범하여 접촉함

이제는 깨달았네

단식은 건강을 해치니
이것만은 안 되네
건강을 잃는 것은
모두 잃는 것입니다

투정은 질서를 해치니
이것만은 안 되네
가정에서도 위계와 질서가
사회에서도 위계와 질서가
있는 것입니다

분열은 단결을 해치니
이것만은 안 되네
쓸데없는 세상 번뇌는
끊어 없애고
한 마음 한 뜻으로 단합해야 합니다

폭력은 목숨을 해치니
이것만은 안 되네
이 세상 나 자신이
생존할 때

인간욕구는 반드시 이루어집니다

유괴는 가정을 해치니
이것만은 안 되네
가화만사성家和萬事成입니다

거짓말은 자신을 해치니
이것만은 안 되네
자신의 명예를
잃는 것은 많이 잃는 것입니다

공금횡령公金橫領은 국세國稅를 해치니
이것만은 안 되네
나라는 국세國勢입니다

불법선거 자금은 기업을 해치니
이것만은 안 되네
기업은 잠재적 실업자를 고용하며
이윤은 경제성장의 밑거름이고
디딤돌입니다

우리는 서로 사랑하고
우리는 나라를 사랑하며
이 행복한 세상 한 평생 살면서
무엇이든 해치는
이것만은 안 되네

다 함께
더불어 살면서
이제는 깨달았으면 좋겠네

한 평생 살면서
우리는 서로가
힘겨울 때는
디딤돌이 되고
일을 하다 지쳤을 때는
버팀목이 되어 주소서.

*디딤돌 : 마루 아래나 마당에 놓아 디디고 오르내리게 한 섬돌
*버팀목 : 사물을 밑에서 떠받쳐주는 나무

행원제

사물놀이로 시작하여
우리 민족의 혼 담긴
소리가 절정을 이룬다
강약의 리듬으로
뛰어난 기량을 유감없이 쏟아 놓는다
상쇠, 장구, 북의 어울림이 참 좋다

경쾌한 리듬에 맞추어 춤추는
에어로빅 댄스 댄스
젊음의 율동이어라
손을 높이 들고
나비처럼 날갯짓을 흔들흔들
환호성의 소리
박수의 소리

돌마의 들 넘어
온천지에 진동하라
우리에겐 젊음이 있어
오늘이 있는 것
나는 참으로 좋다
오늘 이 시간만은 스승과 제자는 하나다.

이런 것 없으면 좋겠네

무엇을 하든지 빨리 빨리란 말은
모든 것을 그릇되게 하는 것

다닐 때 신발 끄는 소리나는 것
밥 먹을 때 씹는 소리나는 것
밥 먹을 때 잡담이 너무 많은 것

남과 대화할 때
남의 말을 잘라 버리고
자신의 말을 하는 것

남과 대화할 때
침이 튀어 나오거나
이를 쑤시거나 가려운데 긁거나
귀를 후비거나 하는 것

한참 말을 하고 다시
혼자의 말만 하는 것
말하기에 앞서 웃음 소리
요란하게 내고 나서 말을 하는 것

이
기
호
시
집

사리를 모르는 사람에게
그가 하고 싶어 하지 않는 것을
억지로 권하는 것

어떤 사람이 죽었다는 소식을
풍문으로 듣고는 다른 분 만나서
"아무개가 죽었다"고 잘라 말하는 것

뜬소문이나 확실하지 않은 말로 들었던 것을
곧 그것을 남에게 말하는 것
내가 직접 보지 않은 검증 안 된 말을 하는 것

우리는 한평생 살면서
이런 것 없으면 좋겠네.

이런 것 있으면 좋겠네

사소한 것을 보고도 기뻐하고 좋아하며
손뼉을 치고 발을 구르는 것

어떠한 일에 슬퍼서 울거나
소기의 목적이 달성될 때 너무 기뻐서 우는 것

스승과 벗을 공경히 대할 줄 알고
재주가 있어도 남에게 교만을 부리지 않는 것

어떤 모임에 들을 만한 말이 있을지 모르니
항상 소지품의 하나로 준비하여 기록하는 것

어른을 모시고 식사할 때는 다 먹자마자
먼저 일어나지 않는 것

글을 가르칠 때는 많이만 가르칠 것이 아니라
그 자질을 헤아려 익히게 하는 것

수중에 돈이 있으면 필기구 사고, 종이 사고
책을 사는 그런 마음 가지고 있는 것

남과 만나기로 약속했을 때에는 반드시 남보다
먼저 그 장소에 가야 하고 기다려야 한다는 것

글을 읽을 때 글 뜻이 어려운 대목은 그때그때
적어서 아는 사람에게 물어야 배움이 있는 것

나이 많은 사람, 학문 있는 사람, 엄정하고
바른말 하기 좋아하는 사람을 싫어하거나 피하지 않는 것

우리는 한평생 살면서
이런 것 있으면 좋겠네.

화장실

거울 하나
자기의 모습 피어나고
스스로 희호세계 주인 되네

정겨운 음악 소리
나의 마음 청결해지고
웃음 꽃 피어나네

꽃 피어 있는 화분 하나
세월여류를 느낄 수 있고
나만의 향기가 나네

작은 글귀 하나
가벼운 마음 주고
아름다운 작은 공간.

*희호세계 : 백성이 화락하고 나라가 태평한 세상
*세월여류 : 세월이 물결같이 흘러간다는 뜻

이기호 시집

눈높이

부모님은 자녀를 가정에서 눈높이 교육
선생님은 제자를 학교에서 눈높이 교육
부장교사와 교사도 학교에서 눈높이 같아야
직장에서 동료간의 만남도 눈높이 같아야

남녀의 사랑도 눈높이를 맞추어야 성사 되며
부부간에도 눈높이가 있어야 행복하게 되고
시어머니와 며느리가 눈높이 맞으면 갈등해소
주인과 종업원간 눈높이가 맞아야 일함이니

우리는 간혹 상대방 의견은 듣지 않고
간나구짓을 주장하는 것은
눈높이를 마장스레 여기기 때문에
견해의 차이가 발생함으로
눈높이를 서로 '경하여실 거여'
마음의 곳간 문을 활짝 열어라
꿈은 이루어진다.

*간나구짓 : 못된 짓
*마장스레 : 매정스럽게
*경하여실 거여 : '그렇게 했을 거야' 제주 방언

행복의 씨앗

부끄러운 마음
사양하는 마음
자기의 잘못을
인정하는 마음이 없다면

부끄러운 마음은 의義이고
사양의 마음은 예禮이며
자기의 잘못을 인정하는
마음은 지혜智慧로움이다

정의로운 마음의 터에
사랑의 싹을 키워
행복의 결실을 거두리라.

이기호 시집

부탁

해는 진종일 나를 보고
된 사람
든 사람
난 사람을 길러 주어야 한다고
너털웃음 짓는다

달은 밤새도록 나를 보고
더불어 사는
마음을 길러 주어야 한다고
소박한 웃음 짓는다

별처럼 빛을 내는
전인교육을 하라고 한다.

*된 사람 : 인성교육(질서 지키기, 예절 지키기, 정직한 사람, 봉사하는 사람)
*든 사람 : 지식
*난 사람 : 잘 난 사람, 출중한 사람, 말을 잘하는 사람(작가는 된 사람과 든 사람의 요건)
*전인교육 : 지, 덕, 체

그 날 더

그 날 더 잘 계획計劃했더라면
그 날 더 잘 생각이 깊었더라면
그 날 더 인내忍耐를 했더라면
그 날 더 잘 실천實踐을 했었더라면
그 날 더 그 사람을 사랑했었더라면
오늘이 더 좋은
바로 그 날 되는데
왜 몰랐을까? 그 날을
준비된 사람에게 미래가 있음을…….

이기호 시집

새해 새 아침

새해 새 아침
바닷물 출렁 출렁거리는
물결 속으로
또 다시 새해를 밝혀 줄
소망의 빛이 바다를 박차고
솟아오름이 시작되는
새 아침의 태양은
대명천지大明天地에 밝게 떠올랐습니다

우리는 진정한 민족으로서
서로 이해하고
서로 손에 손잡고
다 함께 달리며 나누기를
인간다운 마음이 통하는
우리가 되어 주소서

어려운 문제를 피하지 말고
부딪쳐 해결하며
노력을 해야 한다는 점이며
서로 다른 점에
격 없이 손을 잡고 격려하며

잊혀진 사람에게
다가가 대화를
소외된 사람의 이야기를 듣는
따뜻한 정감이 통하는
우리가 되어 주소서

회원님이시여
독자님이시여
교육동지이시여
신년 한 해도 자신의 신뢰가
더욱 넓혀지는 삶으로
서로 믿고 따르는 한 해가 되시길
가족에게는
항상 웃음 꽃 피는 가정이 되고
사회의 위계와 질서가 동행되고
직장의 위계와 질서가 동행하여
신망 두터운
우리가 되어 주소서

한 민족으로서
한 사람 한 사람의

인격이 존중되는 사회
어디에 살던 꼭 필요한
이 시대의 삶
우리의 역사를 만들며
민중의 힘 결집시켜
민주주의를 이룩하는
우리가 되어 주소서

영원한 승자도 없고
영원한 패자도 없다
과거와 미래를 잇는
오늘이야말로
가장 중요한 시점
우리가 있는
가정, 직장, 지역에서
우리는 하루를 보람 있게
삶의 성취를 해야 하며
어떠한 고난도
불굴의 투혼으로
두려움 없이 도전하는
우리가 되어 주소서

우리는 기지개 활짝 펴고
어디서나 항상 즐겁게
새롭고 거듭나는
우리가 되어 주소서

꿈이 있는 사람에게
미래가 있는 것처럼
지난 해의 시름을
말끔히 물에 씻어 버리고
이제는 다사다난했던 한 해를
흐르는 물처럼 보내시구려
새해 새 아침
적빈여세하고
젖과 꿀이 흐르는
우리 땅에서 이루지 못한 꿈
새해는 이루소서.

내 마음 창문을 열고 살리라

구천물 흐르는 물처럼 진위성 보면서 살리라
남대천 흐르는 물처럼 유연성 보면서 살리라
칠연물 흐르는 물처럼 낙 보면서 살리라
용초물 흐르는 물처럼 진실성 보면서 살리라
나제통문처럼 통제 없이 넘나들면서 살리라
한생 사는 동안 진심갈력으로 말없이 살리라

세상 어느 곳 가거나
세상 어디에 있거나
누구의 탓도 없는 것을
모든 것은 다 내 탓이로다

누구보다 내가 먼저 일 찾아 실행하고
누구보다 내가 먼저 힘든 것 찾아 실행하고
누구보다 내가 먼저 충, 효를 찾아 실행하고
누구보다 내가 먼저 베품을 찾아 실행하고

입이 있으니 말을 하고
머리가 있으니 생각을 하고
귀가 있으니 듣는다

말을 하고 싶어도 때로는 참을 줄 아는
그런 사람이 돼야 하고
머리가 좋아도 때로는 머리가 나쁜 척도 할 줄 아는
그런 사람이 돼야 하고
듣고도 듣지 못한 척도 해야 할 때가 때로는 있으니
그런 사람이 돼야 하고
다 이런 것이 삶의 절묘한 맛인 것이다

누구보다 적극적인 마음가짐이
인생을 바꿀 수 있는 것을
성인들의 말씀 깨우쳐 보람 있게
내 마음 창문을 열고 살리라.

가나다라마바사아자차카타파하

가는곳마다독도는우리땅
나라사랑우리들스스로
다른나라사람모르고
라이선스는우리것
마각이드러나다
바가지씌우자
사람못된것
아슬프다
자신도
차차
카
타개
파격적
하는일들

*라이선스 : 그 증명서 또는 면허
*마각이 드러나다 : 숨기고 있던 일이나 본디 모습이 드러나다

레스피아

늘 푸르고 청정과 함께 하는 곳
레스피아
치악산 품안에 멀리 보면
내가 보인다
그리고 미래가 보이나니
보다 높은 이상의 날갯짓을 함이니
남보다 높이
남보다 더 큰 꿈을 향해
또 하나의 나를 만들기 위함이니
여기에서 내 마음 심성수련
내 마음 체력 단련하여 보라
먼 훗날의 꿈을 향하여
한 걸음 가보자
내 마음의 창을 열고 자연을 보라
내 마음을 열면
나의 꿈과 미래가 보이나니
참여하는 마음
협동하는 마음
봉사하는 마음
모든 것을 가지고 가자.

속임

우리는 누구를 속이려고
하는 것은 아니며
마음이 없기 때문에 누구를 속였어

종교는 누구를 속이려고
하는 것은 아니며
신앙이 다르기 때문에 누구를 속였어

나는 누구를 속이려고
하는 것은 아니며
자기 중심으로 생활하기 때문에
정들지 않아서 누구를 속였어

나는 누구를 속이려고
하는 것은 아니며
그 사람의 무능력 때문에 누구를 속였어

사람들은 누구를 속이려고
하는 것은 아니며
견해의 차이가 많아서 누구를 속였어

출생지가 다르기 때문에 누구를 속이려고
하는 것은 아니며
지역적 여건, 사고방식의 차이로 누구를 속였어

인간의 욕구 때문에 누구를 속이려고
하는 것은 아니며
모든 사람은 이기주의 때문에 누구를 속였어

한생 살다 보면 불가항력不可抗力으로 누구를 속이려고
하는 것은 아니며
말할 수 없는 피치 못할 사정 때문에
누구를 속인 것

한생 살아가면서 무엇을 하던 간에
겉치레 없이 진솔하고
신뢰성이 있는 모습을 보인다면
속이겨 들지 않을 것이야.

그 마음이 더

약점의 마음보다는
약점을 하나 둘 말해 주며
약점까지도 칭찬하는 그 사람을 조심하는
그 마음이 더
좋은 마음보다는
좋은 점만을 하나 둘 말해 주며
일곱 번 넘어져도 다시 일어서는 아름다운
그 마음이 더

걱정하는 마음보다는
걱정을 하나 둘 함께 나누고
도와주고 싶어 하며 두려움이 없이 뛰어드는
그 마음이 더
희망의 마음보다는
희망하는 분야에 어떻게 접근하고
노력을 할 것인가 생각하며 땀 흘려 이루려고 하는
그 마음이 더

노력의 마음보다는
노력하는 자신의 의지력이 그 전보다 강하고
열심히 일하고 잘 놀고 편히 쉬는

그 마음이 더
성공의 마음보다는
성공하고 싶어 하는 그 분야에
쉽게 실천할 수 있는 것부터 하나하나 실천하는
그 마음이 더

잘못 된 마음보다는
잘못 된 부분을 시인하고 하나 둘 고치고자 노력하는
실패를 거울로 삼는
그 마음이 더
결과의 마음보다는
결과보다 과정을 더 중요시하며 스스로 평가하고
지는 것을 두려워 하지 않는
그 마음이 더

실수하는 마음보다는
실수했을 때 내가 무엇 때문에
어떻게 잘못 했다고 말할 수 있는 그런
그 마음이 더
인간다운 마음보다는
인간다운 삶의 겉치레 없이 지혜롭게 살다

힘들어 넘어져도 다시 일어서서 달리는 도전정신
그 마음이 더

사랑하는 마음보다는
사랑을 할 때는 꼭 그 사람에게
지켜야 할 매너와 에티켓이 충실하도록 노력하는
그 마음이 더
믿음의 마음보다는
믿음성 있는 언어, 행동을 조심하고
매일 매일 떳떳한 사람으로 살아가야 되겠다는 마음가짐
그 마음이 더

오늘 사는 마음보다는
오늘 삶에 있어 아침밥은 얻어먹고 살며
어떠한 방법으로 더 알차게 살 것인가
순간순간마다 성취감을 경험하는
그 마음이 더
내일 사는 마음보다는
내일 사는 목표가 뚜렷한 사람은 아침형 인간이고
인생설계가 아무리 어렵고 힘들어도 다시 도전한다는
그 마음이 더.

서당

이슬방울이 되어
저녁 노을이 질 때
저녁 노을 빛만 보고
하사분히
나는 환생의 길
산 넘고 바다 건너가리라

나의 가족들 회원님
아고 아고
환송연하듯이 모였네
나는 환생의 길
산 넘고 바다 건너가리라

행복했던 이 세상
테니스 끝내는 날
행복했던 이 세상
인간 밀림 속에 잘 살다 왔다고
조상님께 하심하여 인사하리라.

*하사분히 : 힘없이
*아고 아고 : 아이고 아이고 외치는 소리
*인간 밀림 : 사람이 밀집해 사는 것을 나무가 빽빽하게 들어선 숲에 비유한 말
*하심하여 : 겸손하여 자기를 낮추는 일

이기호 시집

무궁화

백두대간 타고 한라까지
삼천리 금수강산에서
너는 온갖 고난을 겪으면서도
오천 년을 꽃 피우고 살아왔네

칠천만 송이송이가
주홍빛 꽃망울로 피고 지고 피고 지고
너는 온갖 수난 고통 겪으면서도
목표를 잃지 않고 살아왔네

새 천년에도 꽃은 다시 피어나고
순결한 배달민족의 혼
주홍빛 꽃망울로 뿌리 깊은 나무로
너의 끈기는 지구의 끝까지 뻗거라

당신은 분명 듣고 있다
무궁화 꽃망울 터지는 소리를
거듭나거라 다섯 개의 화주 내면서
새롭게 피어나라.

우리의 삶

아침 해가 밝게 올랐습니다
커튼이 유리창에서 벗겨지고
창문은 활짝 열렸습니다
송아지는 외양간에서 뛰쳐 나오고
염소는 우리를 넘어
이슬에 덮여 반짝이는 풀을 뜯습니다

이 세상에서 가장 무서운 것은 가난이라고
지친 눈 속엔 어둠으로
가득 찬 얼굴들이 보이고
저들마다 신음하는 거리
삶 속으로 정신없이
달려가고 있는 모습들입니다

노임에 고개를 숙이고
한숨과 피로와 걱정으로 얼룩져 있으며
눈꺼풀은 천만근 무거워져
짧은 시간이나마 버스 안에서
우리의 영혼은 꿈 속의 세계로
평화와 안식을 찾으려 합니다.

3부
마음의 등불

마음의 등불

당신은
온고지신의 마음씨로
늘 햇살같이
밝게 비추어 주십니다

온유한 태도로
내 곁에 다가서는
그 모습이 아름답습니다

스스로 욕망을 억누르며
때로는 엄하셨고
때로는 친구 같은
인의지정을 가르치시던 어머니

고른 사랑을 아낌없이
나눠 주시던 지혜의 여인
제 삶의 등불이십니다.

*온고지신 : 옛것을 연구하여 거기서 새로운 지식이나 도리를 찾아내는 일
*온유 : 마음씨가 따뜻하고 부드러움
*인의지정 : 어짐과 의로움의 인간 본성

연인

마음의 문 열어두고
그 깊은 구석구석 비출 때
조그만한 씨앗 내 마음의 문 속에
행복한 꿈나무 되어 잘 자라고 있습니다

나는 당신의 내면에 숨어 있는 것들을
이해하고 그것을 인정하여 주는
당신의 마음과 하나가 된 듯합니다

손을 내밀어 따스한 마음을 확인하고는
난생 처음 희망의 목소리를 들었습니다

이슬방울을 머금고
향기 내뿜은 하얀 안개꽃처럼
내 마음의 문을 열고 기다리렵니다

내게 사랑의 말과 눈물로써
삶의 기쁨을 흠뻑 적시어 주었습니다

함께 걸어온 발자취와 시간의 흔적들은
행복이라는 추억으로 남을 것입니다

아름다운 마음의 눈을 통해
내 마음의 문을 바라보는
당신은 영혼의 문을 열고
남은 삶까지도 함께 할 것입니다.

당신의 사랑

곁에 있어도 아쉬움으로 남기에
헤어짐의 고독한 날들을
슬픔으로 보냅니다

따스한 미소 정겨운 음성은
가슴 아파하는 나에게
어머님의 손길입니다

그러함이 사랑인 것을
고통도 기쁨도
소중한 것임을 알았습니다

잃지 않기 위하여
빼앗기지 않도록
추억의 방에 고이 간직하렵니다

먼 훗날
영영 고독해지면
차곡차곡 쌓인 추억을
펼쳐 보고 살으렵니다.

당신에게

나는 당신에게
정을 줄 수 있지만
당신의 삶까지
나눌 수가 없습니다

감동은 줄 수 있으나
영혼의 행복은
줄 수가 없습니다

함께 사생동고를 할 수는 있지만
저승까지 당신을
찾아 갈 수는 없습니다

사는 동안
따뜻한 마음과 손길로
가슴 속에 애련한 추억을
간직하도록 변치 않으렵니다

나의 사랑이
당신의 성숙을 위해 존재한다면
베거리를 않고

미약한 힘이나마
반듯하게 최선을 다 바치렵니다

사랑은 스스로를 충족시켜 주는 것
당신의 행복을 기원하는 것뿐
또 다른 욕망은 버리렵니다.

그대만 보면 나는 못난이

나는 오늘도
그대와 같이
나눔의 말 한 마디
그것
연인들 변화의 물결
그것도 때가 분명 있는 것

어느 시기에 오느냐
차이는 있는 것
내가 어쩌다
무엇 때문에 당신의
포로가 되었는지
가슴에 저려온다
알다가도 모르는 일인 것

어이 할거나
늪에 빠져 버리고 만 것을……
누가 나를 구하여 줄 거냐
어이 잊으랴
갈 거냐
날 두고 간단 말인가

우언의 차타고 간단 말이냐

수줍어 말 못하는
그런 사람이더냐
용기 없는 못난이였던가
나 못난 것이 잘못일세라

그대만 보면 나는 못난이.

소망

나는 누구에게나
따뜻한 마음씨로
인간미 넘치는 좋은
인연으로 남고 싶으며
민족 앞에 바치는
보람된 삶이고 싶습니다

나는 누구에게나 내가 지닌 정을
나눌 수 있는 인연을 소중히
간직하는 사람이고 싶습니다

나는 행복합니다
때로는 우리 삶에 있어서
서로 트집잡아
비난함이 있을지라도

서로 마음과 뜻이 통하는
사람이고 싶고
마음씨 넉넉한 동행인이고 싶습니다.

구박

구박은 아무에게나 하나
서로가 좋아하고
서로가 사랑하기에 구박하는 것

서로 발전할 수 있는
여건이 있기에 하는 것

서로가 한 걸음씩
양보하고 이해하는 것
그렇게 살아가는 것

인간은 진실과 거짓이 상반하는 것
현명한 사람에겐
거짓을 진실로 전환시킬 생각을 하는 것
더욱 노력하면서 살아가는 것

구박은 아무에게나 하나
사랑할 수 있는 사람에게 하는 것.

이기호 시집

차 한 잔의 여유

차 한 잔의 여유
그것은 기다림
적당한 시간에 찻잎을 우려내야만
진정한 맛을 느낄 수 있기 때문입니다

봄에는
풋풋한 향기의 녹차
맛과 향이 좋아
몸과 머리를 맑게 하는
건강이 있기에
차 한 잔의 여유
화분에 핀 꽃송이를
벙그리는 모습 보며
만남과 대화 속에
웃음 꽃 피는 즐거움입니다

여름에는
더위에 지쳐 여윈 잠이면
낮잠을 자고도 싶어지며
땀 냄새를 줄여주는 시원한 말차
새들의 노래 듣고

제비 노닐고 있는 모습 보면서
차 한 잔의 여유는
이마에 흐르는 땀을 거두어 줍니다

날씨가 쌀쌀해지는 가을
영롱한 빛 오색 단풍 붉게 물들고 있는
풍경을 보며
둥굴레차 유자차 한 잔의 여유는
직장 상하간 직장 동료간의
만남과 대화 속에 서로를 이해하고
서로 협조가 되며 지도 조언과
미처 생각지 못한 이해와 배려를 줍니다

겨울에는
따뜻하게 마실 수 있는
계피차 반발효차
계절에 따라 차 한 잔의 여유는
친구지간에는 우정이
연인 사이에서는 사랑을 피워 줍니다.

*반발효차 : 녹차와 홍차의 특징을 함께 지닌 중국 특유의 차이다.

사랑

내 사랑하는 마음이여
꽃보다도 아름다운 것
살아서 숨 쉴 때는 더욱 더
내 마음도 따스했고
느낌조차 아름다웠다
서당은 사랑 노래 불렀지

꽃처럼 아름다운 것
만들어 놓고 쳐다보는 것
웃음짓는 얼굴이
문득 문득 떠오르는 그런 것

사랑은 촛불처럼
꺼질 듯 꺼질 듯하다가도
다시 타오르는 불꽃인 것
어둠에서도 모닥불처럼
타오르는 불꽃인 것.

빈 마음

나는 무엇을 찾기 위하여 노력을 했는지
나는 누구를 위하여 여기에 있으며
무엇을 추구하고 있단 말인가

나는 무엇인가를 잊어버리고 왔을 뿐인 것을
자기의 생각과 모든 것이 성취되지 않을 때는
내 탓인 것을 어찌하여 남의 탓으로 돌리는지

마음을 비워보자
나만의 세계를 들여다보자
시기와 질투
중상모략
이기주의
불행을 낳고
세상의 욕심으로 가득찬 삶을
빈 마음으로 비워보자.

이기호 시집

그 아픔

내 당신에게
얼마나 큰 아픔을 주었는지

맑은 마음에
얼마나 큰 상처를 주었는지

사뭇 지울 수 없기에
하얀 백지에 용서의 크기를 그립니다

정안수 한 그릇에
미안함을 씻고 또 씻어봅니다

치유할 수 없고
용서 받을 수 없기에

다가올 내 앞의 삶은
당신을 위하여 비워두려 합니다.

웃음

눈망울 또렷또렷
쌍꺼풀진 눈동자에
실눈 뜨며
눈 언저리에는
인성의 뒤안길
잔주름 피우고 지고
코의 평수는 커지며
눈웃음 짓는다

앵두 같은 붉은 입술에
웃음 띤 보조개
피우고 지고
하얀 복사꽃
꽃망울처럼
하얀 송이 알알이
내놓고 벙실벙실
웃음 짓는다.

사랑의 확인

아직도
앵두처럼
또렷한 눈동자
때로는 눈 지그시 감고
살그머니 띄우는 미소
나와 함께 살아온 흔적
잔주름도
내게 행복으로 다가섭니다

아직도
부드러운
하얀 빛 손바닥
꼬옥 쥐어보며
살그머니 대어보는 주먹
작아진 두 손
내게 사랑으로 다가섭니다.

그대의 향기

그대의 향기
사랑의 향기입니다

미래에
열심히 교육한 대가로 남겨질

학생 있는 곳에 그대의 모습은
꽃이 있는 곳에 나비가 있음처럼

교육의 장에서 휴먼웨어를 강조하는
그대의 정겨움을 봅니다

참으로 아름다운 꽃
시들지 않을 꽃입니다.

커피베리의 독백

피로한 여정을 멈추고 잠시
빌딩 숲 쉼터 커피베리를 찾는다
인연 되어 만날 때마다
이런 저런 이야기는 노래 되었고
피로를 잊으려던 익살과 재치는
사진에 담아 추억에 감추었다

행복은 멀어만 가고
나서야 할 문 밖으로는
억세어진 빗줄기 바람에 흔들린다
떠난 사랑의 흔적마저 지우려는가 보다
잡으려 할수록 멀어만지는 삶은
주름의 흔적으로 선을 그어놓고
넘지 못할 곳으로 가고 또 간다

혼탁한 욕심 부질없는 오만
도심의 찌꺼기는 탁류에 흘려가고
영혼은 맑은 물에 잠긴다

세월을 막고 선 커피베리의 문은
허무로 채워진 나를 가둔다.

주는 것

가진 것은 별로 없어도
줄 것이 있다면 아름다운 것
기쁘게 주는 이가 있으니
그 기쁨이야말로 그들만의 사랑이리라

주되 괴로움도 알지 못하고
주되 기쁨을 찾지 않으며
덕을 주는 생각도 없이 주는 것

당신이 가진 것
어느 땐가는 주어야 하는 것을
줄 수만 있다면 그때를 놓치지 말고
베품의 그 때 주는 것

당신의 것이 되도록 여건을 만들어라
줄 수만 있으면 주리라
받을 만한 가치가 있는 자에게 주리라.

고통

인간 밀림의 긴 터널
터무니없이
명예를 잃었을 때
가란찮게 고통스러운 것

너와 나의 인생마차
먼 훗날
간찰히 화해의 약속을 하고
그대는 무릎을 꿇었다

고통도
젊은 날의 추억으로 기억된다지만
화해의 약속은 분명 필요한 것
그러나
그대는 진정한 화해를 하지 않았다

언제나 내일
세월은 바람에
나부끼며 흘러갔고

그대는 즐거운 나날이지만

당사자는
그 슬픈 고통을 잊기가 어렵다는 것
끝내 참지 못하고
울분을 토하고 만다

나는 진정 그대에게
가슴을 조이지 않는다

삶에 지친 고독한 이에게
고통은 자산이라고 말하지 말라
세월은 바람에
나부끼며 흘러만 간다.

*인간 밀림 : 사람이 밀집해 사는 것을 나무가 빽빽하게 들어선 숲에 비유한 말
*가련찮게 : 힘겨울 정도로 대단히
*인생마차 : 인생이라는 마차, 인생을 마차에 비유한 말
*간찰히 : 간절하게

우리들의 사랑은 다 그런 것

아침 일찍 일어나지 못하며
내가 먼저 일어나서
아침밥을 짓고
더 자도록 하는 그런 것

날씨가 흐리거나 비가 오는 날
내가 먼저 피곤한지 물으며
안마해 주는 그런 것

내가 쓰는 돈은 아껴도
네게 쓰는 돈은 아낌없이 줄 수 있는
그런 마음 항상 가지고 있는 그런 것

텔레비전을 볼 때
내가 양보하고 네가 보도록 하는
마음을 가지고 생활하는 그런 것

나는 싫어도
서로의 융화하는 마음으로 배려하여 주려는
마음의 자세가 필요함을 생각하는 그런 것

자신들의 입맛을 알고
그 음식을 만들거나
나들이나 산책을 하면서
음식점을 찾아가서 먹는 그런 것

대화에서 잘못된 말을 지적하고
다음에는 그런 말 사용하지 않도록
말해 주는 그런 것

건강을 위하여
전화가 왔을 때 전화를 걸어서
식사는 했는지 염려하여 주고
서로를 아껴 주는 그런 것

서로에게 실수가 있을 때 관용을 베풀고
잘못을 보완하여 주며
실수를 했을 때 미안합니다
빨리 사과하는 그런 것

상대방의 옷을 서로 사주고
옷맵시를 쳐다보고

잘 어울리는지 쳐다보며
좋을 때는 야 ! 참 좋아
하하하하 웃음 짓는 그런 것

서로의 나쁜 습관을
하나 둘 말하여 주고
그것을 고쳐주는 그런 것

서로의 인격을 존중하고
자존심 상하지 않도록 하는 그런 것

서로 선행한 일을 보면
칭찬을 아끼지 않는 그런 것

서로 좋은 점을 칭찬해 주고
배울 것은 배우는 그런 것

서로 자존심을 존중하고
힘든 일이 있을지라도 참는 그런 것

서로 하고 싶은 주장이 있을지라도

양보를 할 수 있는 그런 것

서로 따뜻한 마음을 생각하고
말은 없을지라도 신뢰성 있는
느낌을 갖게 하는 그런 것

상대방의 재능을 서로 인정하여 주고
힘껏 밀어주는 그런 것

상대방의 괴로움을 같이 나누고
위로하여 주는 그런 것

서로 꿈꾸는 것이 있다면
그 꿈을 위하여 같이 노력하는 그런 것

우리의 삶 속에 아픔이 있다면
잘 살펴 보고 병원에 입원시켜 주는 그런 것

우리들의 사랑은 다 그런 것.

그리움

구슬비 내리는 아침
나는 여행길 가련다
그대 가슴에 누가 잠자나
내 가슴에 그리움만 더 쌓이네

불은 물에 꺼진다지만
나의 촛불은 꺼질 줄 모르네
비바람에 흔들려도
그대 사랑의 향기는 영원하다

그대에게서 눈물을 보았지
그대는 빨간 사과를 일찍 따먹는 것
싱겁다고 했네

먼 훗날
우리 사랑의 약속
내 마음의 비
빗방울 되어
그대의 창문에 노크하려네

그대 있기에 향기가 있었네
그대의 향기 사라지지 않으려네.

아픔

맑은 하늘을 쳐다보는 거다
조개구름 속에
내 마음을 싣고
임끼 보내고 싶은 거다

아름다운 달빛을 쳐다보는 거다
달빛 속에
내 마음 내 모습을
달빛처럼 보이고 싶은 거다

비봉산을 쳐다보는 거다
아침 햇빛은 소나무 숲 속에
옥로玉露는 온기溫氣로 사뿐 날아가고

내 마음이 아플 때
내 주변의 사물에 의미를 주며
날아가는 비둘기
내 마음을 싣고
임께 보내고 싶은 거다.

*비봉산 : 경기도 안성에 있는 산

이기호 시집

친구

마음의 등불

퇴근 길
야탑동에서
내일의 발걸음 돌리고
어깨 살짝 두드리고

가야 할 시간 놓칠세라
서둘러 가노라면
명주실 바람 부는데
다들 북새질이다

어느 때인가
야탑역 근처 머물고
대화 나누어 보지만

터놓고 맨도롱이
차 한 잔 나눌 명주실 우정
어디 그리 흔턴가.

*명주실 바람 : 명주실처럼 부드러운 바람
*북새질 : 야단스럽게 법석대는 모습
*맨도롱이 : 따뜻하게
*명주실 우정 : 아름답고 귀한 우정

친구야 웃고 살자

친구야
더는 아프지 말고
서럽다 울지 마라
친구야 웃고 살자

지나간 세월은
그만 잊고
치기稚氣스러운 것들은
달빛 속에 던지고
살아갈 방도를 찾고
친구야 웃고 살자

하늘도 좁고
땅도 좁고
세월도 짧은데
저승 가도 삼평三坪이라네.

이기호 시집

오월

여술마을 가는 산과 들
새로 나온 풀과 나뭇잎
산들바람 흔들흔들
손짓하며 우리를 부른다

자연의 풍요로움
또 어디에 있으랴
길의 언저리 질경이
아카시아 잎과 꽃의 향기
그윽하기만 하더구나

아카시아 잎자루 따다
진 친구는
이긴 친구 업고 가기
가위바위보
네가 이겼다 한 잎 따고
가위바위보
내가 이겼다 한 잎 따고

진 친구는 무엇 낼까 골똘히
다시 한 번 생각하고

이번만은……
이긴 친구 좋아
하하하하 하하하하
진 친구는
이긴 친구에게
아카시아 꽃 송아리 빼앗기고
이긴 친구 업고 가던
여술마을 가는 산과 들이 그리워진다.

친구야 피서 오렴

수풀 속에는 벌레 소리
여치는 애교를 부리며
산에서 새들의 노래 소리
소쩍새의 노래자랑이 있고
밤이면 개구리 합창단은
농민 위안의 밤을 열어주니
동네 노래자랑에
비할 바가 아니네

더우면 앞 시냇물에
풍덩 뛰어들어
진종일 있다 한들
그 누가 무어라
말할 사람이 없고
목이 마르면
그늘진 곳에 자리 잡고
풋고추 오이 반찬에
차가운 막걸리를 들이키는
그 맛 감칠 맛일세

투망을 메고

천렵이나 하면 되지 않겠나
술 안주감은 잡을 수 있네
냄비에 고추장 듬뿍 풀어
오글보글 끓여 먹어도 맛이 있으니
그다로 회를 쳐서 먹어도
그것 싫지는 않으리

저녁에는 반딧불도 보며
마당가에 모깃불 피워 놓고
동네 노인들의
고담을 듣는 맛도 구수하이
그것도 지치면 바둑을 두거나
멍석에 누워 북두칠성의 자리 보며
공상에 잠겨 보는 맛도 있네

덥다고 저마다 말하나 보네
테니스도 하고
배낭을 메고
친구야 바다로 산으로 호숫가로
마음 가는 대로
여름을 즐겨 보기로 하려므나.

행복한 삶

그대 어떤 말거리 나누어야 좋아할까
그대 어떤 행동으로 다가서야 좋아할까

무엇을 얼마나 간직하고 살아야
무엇을 얼마나 베풀면서 살아야

행복 찾아 헤매다가 살다 가는 것이 인생

그대 찾은 것은 무엇인가
그대 남은 것은 무엇인가

얼마나 울고 웃어야 하나가 될까

슬픔을 위로 받고
아픔을 함께 나누면서 산다는 것
더 더욱 좋다는 것
이런 것이 진솔한 삶

내 곁에 그대 있어서 좋구나
그대 찾아 나도 미치고 싶구나.

행복

아름답고 값진 것만을
당신이 선택하여
살 수 있는 것이 아니다

가난과 굶주림의
아픈 과거사도 회상되는 거

행복은
잡힐 만큼 다가와 있는 듯
빛나고 있지마는
다가서서 보면
늘 그만치 떨어져 있는 것

행동, 노력, 승리
행복은 늘 그렇게
아쉬운 만큼 앞서 있는 것.

이기호 시집

내 마음의 향수

아름다운 이 금수강산에
새 봄은 다시 돌아와
이곳 저곳에 꽃 피우고 지고

풀벌레 소리
새들의 노래 소리
시냇물 흘러 내리는 소리는
내 마음의 향수입니다

당신의 사랑은
내 마음의 거울에
얼굴을 비추는
그 순간 눈물을 흘립니다

당신의 걱정은
먹장구름만이 끼게 하는 마음뿐이지
나에게 주는 의미는 먼 곳입니다

저 멀리에서 들려오는 기적 소리는
당신을 그리워하는
내 마음의 아우성입니다.

4부
숲 속의 방

"

이기호 시인은 삶의 희로애락을
자연과의 교감을 통하여
자신의 삶으로
간직하며 살아가는 면모를
찾아볼 수 있다.

"

숲 속의 방

나는 옷 속에 지전 몇 닢 넣고는
숲 속의 방 떠나
오늘도 다 가지 못한
고속도로 가고 있다

달려가는 이들도
부지런히 가는 나도
꿈 속에서 보았던 풍경이다

어서 가야지
버스 기다림에 잠시 갇히고
내 전화기의 시계는
이십시 십분에 머물고 있다

마음은 안성 고향산
어린 시절 병전 놀이터
솔개 바람 소리를 들으며
허전하기만 한 빈손을 본다

수성펜 뚜껑 닫다 찔린 엄지손가락에는
대일 밴드가 마냥 서글프다

지천명知天命의 소리도 멀어지는
그 길에 서서 고독한 나를 위로해 줄
가난한 단어마저 찾지 못하고
빈 웃음만 웃고는
숲 속의 방을 되돌아본다.

숲 속의 방 새는 울고 있다

돌마 속에는 야탑이 있고
야탑 속에는 장미마을, 목련마을이 있다
불곡산 앞길
새들은 살기 위하여
정신없이 나래를 활짝 펴고 날아간다
가까이에 숲 속의 방이 있다

텃새 한 마리 나래를 활짝 펴고
단풍나무 가지에 앉아 무리를 이룬다
한생의 삶을 살아온 새 말하기를
제자들이 정을 나눌 숲 속의 터를 마련하라며
정겨운 마음을 건네 온다

둥지를 틀고
나는 널 믿고 내 손 내밀고
부끄러운 옛 이야기 덮고
전나무 가지에 둥지를 틀다 말고
다른 나무로 갈까
가는 삶이 아쉬워 안절부절이다

숲 속의 방이 있기에 추억을 담는다.

귀

내 몸에서 풀벌레가 운다

벌건 대낮 정신없이
쫓기다 보면
귀가 흔들림을 잊는다

끝없이 일과는 돌아가고

깊은 밤
잠자리에 들려 하면
벌바람 소리
번뇌망상의 풀벌레 소리 들려온다

오늘도 귀가 운다.

*벌건 대낮 : 아주 환한 대낮
*벌바람 소리 : 들바람 소리
*번뇌망상 : 몸이나 마음을 괴롭히는 헛된 망상

봄

젊음의 계절
꽃이 피는 환희
화사한 햇살
원색의 꽃들이
우리 마을을
꿈 나라 궁전으로 만들고
봄을 찬미하는 새들은
우리 마음을 들뜨게 하고
살고 있음이 바로 기쁨이다

우리가 살아 가면서
지니고 있다는 정이
꽃과 같이 아른거리며
애틋하기만 하고
진달래 꽃과 개나리
산목련과 냉이꽃
방방곡곡 수놓고는
아름다움에
홍그러워지는 마음에 미치고 싶다

야탑동 탄천으로

봄 기운을 흠뻑 적셔 담아 흐르는
물안개의 물결 속으로
동토凍土마저 잊혀가는
이 봄에는
마음을 열어야겠다
봄 꽃을 이웃과 가꾸어야겠다.

*흥그러워지는 : 흐뭇하고 흥취가 나는

봄의 절정

봄의 절정에서
꽃은 만발하고
바람에 흔들흔들
손짓하며 나를 부른다
부다일내 다시금 도진 사랑

어찌하랴 어찌하랴
불이 붙은 이 몸을
누가 오셔서
이 불을 꺼지게 하랴

텅 빈 항아리 속에
물이 고여 있을 거나

청사초롱 불 밝힌
그날 만이라도
돌아라 다시금 도진 사랑

불이 붙은 이 몸 꺼지게
돌거라 돌거라

죽어야 후회가 없을까
어디선가 나사 풀린 마음

화창한 날에 아른거리는
아지랑이 낀 먼 산을 쳐다본다

지글지글
온 몸을 불 태워 볼거나.

*부다일내 : 며칠 이내

이
기
호
시
집

사월이 오면

앙상한 가지마다
꽃봉오리 영영 젖는가

무자비한 총칼에 사라진
넋이여
영웅
영원한 불사조여
영원히 빛나리라

넋이여
울부짖던 거리 아르대다
서울 시청 앞거리
국회 의사당 앞의
연좌데모 대열이었소

민권의 승리를 절규하였노라
주권자를 향해서 발포하였노라

아르렁 아르렁
분노의 불길에 아련하게 삼켜진
넋이여

불사- 영생하소서
못돈 짓들의 모습을
나는 보았노라
오오 통탄스럽다
넋이여 고이고이 잠드소서.

*불사조 : 어떠한 고난에도 굴하지 않고 이겨 내는 사람을 비유한 말.
*아르다다 : 눈앞에 어른거리다.
*아르렁아르렁 : 사나운 짐승이 성내어 부르짖는 소리.
*아런하게 : 희미하게.
*불사영생 : 죽지 아니하고 영원히 삶.

한 잔의 술

술 한 잔 하자고 떠드는 건배의 소리
술덤벙 물덤벙 어울림이 있고
너와 나 가리지 않는 한 잔의 술
대화함으로써 얽혔던 문제 수월하게 풀며
해결의 대책을 마련하고
불평불만을 술 한 잔의 나눔으로 화해한다

삶의 촉매로써
위축감이 있을 때 안도의 술
애통이 있을 때 위안의 술
경사가 있을 때 기쁨의 술
희로애락을 찾는다

건배! 쨍, 잔 부딪히는 소리는
직장의 상하 동료간 애환의 소리
선후배간의 만남과 대화의 소리
미움과 질시와 오해를
화합하며 협력하는 계기가 되어 주고

서민들의 슬프고 가엾은 이야기의 자리
한 잔의 술 속에서 사랑의 신을 찾는다.

의지력

오늘도 어제로부터 이어지는 갈등
질 높은 삶을 추구하고 싶은 희망

나는 오늘 변화의 몸부림을 쳐 보지만
뜻은 작심삼일로 되돌아가려 하고

어저 그리고 오늘 허전한 마음이
내 가슴 속에서 용솟음친다

오늘도 무심히 흐르는 강물에
잡다한 번뇌 띄워 보내고 싶다

어제의 삶을 거울삼아
번뇌의 짐을 묵묵히 짊어지고
강한 의지력으로 내일을 맞으련다.

나의 삶

젖은 땅을
건너뛰지 않으렵니다

진흙이 묻혀지면
건넌 후
깨끗이 닦으렵니다

앞에 놓인
커다란 돌을
치우지 않으렵니다

손을 잡고
넘다가 다치면
상처가 아물겠지요

그러한 삶이
더욱 값진 행복을
가슴에 남기겠지요.

나는

나는 바른 길 가고
열심히 살고자 내게 묻는다

나는
나그네와 같은 오늘을 사는 것인지

철 따라 옮겨 다니는
철새들의 무리 속에 있는 것과 같은 존재인가

바람결에 여기 저기
떠도는 낙엽과 같은 것이랴

결코 나는 햇빛과 비바람에 시달리며
낙엽처럼 썩어가는 삶을 남길 수는 없으리.

우리들의 얼굴

이멩이는 천하를 다스리는 위정자는
이멩이가 시원하며 넓다고 말합니다

눈썹은 균형이 잡히고 깨끗하게
나 있어야 좋은 눈썹이고 이런 눈썹은
이조케 깊으며 아덜복도 있다고 말합니다

눈은 기분이 좋은지 나쁜지 표정을 읽을 수 있고
스쳐 가는 눈길 애호운을 느낄 수 있으며
눈에 힘이 있는 그는 앞날이 좋다고 말합니다

코는 거울과 같은 것
코가 크고 힘차게 뻗어 있는
그는 앞날이 좋다고 말합니다

아구리 큰 사람은 남보다 음식을 더 먹고
활동적인 체질을 타고 났기에
만사에 적극적이고 의욕이 강하다고 말합니다

치아는 건강을 알 수 있고
중절치中切齒는 그 사람의 정력이나

앞날을 보는 중대한 부분이라고 말합니다

귀는 애호운을 속삭이거나
감미로운 음악을 듣는 거
진화된 사람은 귀가 아래로 붙었다고 말합니다

볼은 무안하고 부끄러울 때 빨개지는 거
볼의 선은 여성미의 상징
여성은 애기 낳고 젖 먹여 기르니
볼이 통통한 사람은 앵두가슴이라고 말합니다

턱은 양 볼에 살집이 풍등한 거
하관이 좋고 흠결이 없으면 앞날이 좋다는 거
그 주변에는 좋은 분 있어 성공한다고 말합니다

얼굴은 노화되는 거
목치이 정력의 차례로 오며
여성의 미는 이목구비, 볼의 선이라고 말합니다.

*이멩이 : 이마의 제주 방언   *이조케 : 의좋게, 다정하게
*애호운 : 사랑하는   *아구리 : 입의 방언
*흠결 : 티   *앵두가슴 : 처녀의 예쁘고 달뜬 가슴
*풍등한 : 매우 넉넉한

목숨

한평생 살다 죽는 것
힘들게 살았지 다들 그러지

기왕지사 태어난 것
이야기꽃을 피우다 가야지

생명은 하나뿐인 것
지천명의 나이 넘기면
치료하여 지탱해 보세

한평생 살다 죽는 것
인명은 재천
아 어찌하랴

한평생 사노라면
즐겁고 보람 있는 날
많이 있다네
당신께 못 다한 것
미소 지으리

이슬비처럼 말없이 가는 것.

우리의 산천

백두산의 정기를 이어받은
우리의 산천은
아름다운 산이었네

청백산淸白山은
그 계곡이 깊은 법
들이 넓으면
인심이 좋다 했네

산이 높고
물이 맑고
산 모양이 곳간 같으면
부자가 나온다 했네

산이 병풍을 친 듯하고
그 흐르는 물이 들어오는 것은 보여도
나가는 물이 보이지 않으면
참으로 좋은 터라 했네.

*청백산 : 깊고 크고 높으면서 아득한 추상의 산 이름

여수천의 풍경

성남교를 지나 중탑교로 가는 길
파릇한 버들잎 사이로
쏟아져 내린 햇볕은
무심한 물소리 흔들어 놓고
쉼 없이 천수경 외워대는
스님의 이마처럼 빛난다
미련스레 마주 선 아파트 숲
비집고 흐르는 물소리만이
변치 않을 여수천의 희망이라
미련 없이 따라가는 꽃잎도
썩은 땅 파헤치는 지렁이도
잃었던 희망으로 환생되려는지
바람 따라 피어난 아카시아 꽃
바람 따라 떠나간 라일락 향처럼
느티나무에 둥지 튼 까치
돌아갈 고향 잃은 겨울 철새도
여수천의 비밀을 아는가
삶은 흐르는 물과 같음을.

탄천의 풍경

밤과 낮의 가림 없이
무심히 흐르는 물에
물오리는 외로움에 울고
분출되는 자신을 돌보고 있다
내일은 내일에 맡기고
오늘을 바람결에 보내누나
탄천의 물결 따라
물오리는 욕망 벗은 채
자기를 찾고서
행복에 마냥 젖어 있구나
아무도 찾는 이 없지만
문득 혼자란 것을 깨달은 것인가
자신을 위하여
찾아 가는 것을 누가 말할 거나
해는 서산마루 넘어 가면서
내일을 보라 한다
지는 해 아쉬워
탄천은 어둠으로 잦아든다.

바다로 가자

우리에게 뚜렷한 사계절 있기에
너와 나 가슴 속에 스며드는
사계절의 아름다운 풍토가 있는 것을
나는 예전에 몰랐습니다
나의 조국 아름다운 것을 말입니다

우리는 새로운 변화의 물결 속에
위안을 받을 수 있다는 것
우리들의 생활에도 여유 즐거움
신선미를 가질 수 있다는 것
나의 조국 풍요롭고 살기 좋은 곳입니다

이글거리는 태양
무더운 여름철
괴로움도 맛볼 수 있기에
겨울을 느끼는 것
나의 조국 아름다운 금수강산입니다

저 푸른 바다
여름이 있기에 있다고 보아도 좋은 것
바다는 부른다

물고기들이 그네뛰기 널뛰기하며 노니는
저 푸른 바다
우리를 손짓하며
미소짓는 얼굴들이 있습니다

푸른 바다
푸른 하늘 마주보며
서로 푸름을 자랑하는
바다의 수평선
우리들에게
무더위를 식힐 것입니다

하늘에 날으는 새들처럼
수평선에 떠 있는 섬들
우리의 가슴이며 미소짓는 얼굴들이
어서 오라고 손짓하고
잘 가라고 손짓합니다

수평선에 병풍처럼 펼쳐 있는
저 푸른 바다
바닷가 밀려오는 푸른 파도 소리

바위에 부딪쳐 쪼개지는 물결 소리
태고 순민의 소리
태고의 음향 소리
우리에게 손짓하며 미소짓는 모습입니다

바다가 있다는 것
아름다움이여
여름나기 괴롭다고 말하지 말고
바다의 신비 보면서
해일의 아름다운
그 모습을 가슴에 담으렵니다.

한 껍질 벗겨지는 소리

서도호로 와서 어디로 가는 걸음일까
강화호로 와서 누구에게 가는 길인가
계절을 끼고 가물가물 굽어 돌던 새마닥 산길
비로소 마음에 눈을 뜨면
자립의 인고와 고통 소리
한 껍질 벗겨지는 소리

개척의 지혜
봉공의 따슨 손길이 보인다
일하다가 그 자리에서 쓰러지도록 살자던 님
힘써 걸어서 가는 길
한 생애의 청렴과 산고의 길
님께서 몰라준들 어떠하리
내 가슴 불타는 겨움뿐인데
한 껍질 벗겨지는 소리

하늘도 바다도 바람도 즐겨
머물고 갈 주문도 형제여
다 함께 일어나라
머리 들어 한 점 부끄러움이 없는 세월이 되길
서로 사랑하며 살자던 형제여

한마당 한바탕 뒹굴고 갈 주문도는
추억으로 변할 테지
한 껍질 벗겨지는 소리

언젠간 생을 박차고 떠나는 날
얼룩진 자국 짚 나풀 바람 속에
불타듯 날아가고 이제 바꾸어야 할 새마닥 산 길
개나리 피는 초봄의 너울이여 너울이어라
주문도 한복판에 서서 훨훨 날아가는 소리
한 껍질 벗겨지는 소리.

칡 머리

나는 작은 새 한 마리
칡 머리를 찾아
멀리서 날아왔습니다

칡 머리에 서서 내려보면
칡 머리의 마을과
다도해의 아름다움
일렁거리는 물결
금가루로 덮여 있는 듯한
신비스러움을 주고 있습니다

나는 작은 새 한 마리가 되어
칡 머리에 앉아
흩어진 모이 먹고
새로운 기수를
끝은 또 다른 시작이 됨을 봅니다

칡 머리에 앉아
멀리서 날아온
그 길
완도

이기호 시집

노화도
보길도로 가는
뱃길의 시작이 됨을 봅니다

이곳에서
또 다른 새로운
도전의 시작을 실행하기 위하여
그 전보다 더 높이
더 멀리 날고 싶습니다.

*칡 머리 : 해남군 땅끝

한계령 풍경

바다에서 하늘로
도약하는 산 길
꼬불꼬불 구십 고개 청정의 바람이 분다

병풍처럼 눈 앞에 펼쳐진 그 모습
나무들 박혀 있는 기암절벽들
온갖 풍상 다 겪은 주름진 세상사

우뚝 솟아 있는 기암절벽들의 풍경
웅장하게 장관을 이루고 있다

눈을 머리에 이고서
계곡을 끼고 삼중으로 서 있는 모습이야
참으로 아름다운 것

신께서 내려주신 아름다운 풍경
사시사철 색다른 산
풍광명미風光明媚를 느낄 수 있다.

덕유산

덕유산의
풍광 버려진다면
다른 산은
뼈만 남으리.

칠연폭포

덕유산의 향적봉 한 오래기
심산계곡 태고의 원시림 사이로
비집고 흐르는 하맑은 물은
바람결의 물보라짓
은빛의 물결 출렁이는 비단
암사면 타고 쏟아지는
하맑은 물줄기
하냥 폭 파인 일곱 개의 못에
잠시 담겨 소용돌이치다가
솟구치다 하르라니 미끄러지듯이
한 줄로써 은빛의 물결 쏟아지는
아름다운 폭포를 만드누나
사계절 자연의 오묘함이어라
내 잊지 않고 떠난 듯이 오리라.

*한 오래기 : 한 줄기
*하맑은 : 아주 맑은
*하냥 늘상, 언제나 같은 모습
*하르라니 : 가볍게 흩날리는 모습

향수

덕유산 냇물은
유유히 칠연폭포 지나
용초폭포로 끝없이
흘러만 갑니다

추억의 고향으로
냇물은 친구에게
약속이나 한 듯이
모래밭에 가마니 자락 펼쳐 놓고
쑥대밭에 앉아 친구가 됩니다

쑥으로 귀 막고
냇물에 뛰어들어 멱감고
물장구쳤던 추억

자갈이 훤히 들여다보이는
물 속에 들면
피라미 쏘가리 모래무지 송사리 중태기가
정강이를 치고 달아나던 시냇가의 기억들
도랑에서 미꾸라지 아늑한 고향입니다

모깃불 피워 놓고
멍석 깔아 하늘의 별을 헤던
가족들 두런두런 정 나누며
감자 옥수수에 피우던 사랑
눈을 감고 그리는 고향 향수에
날 새는 줄 모르고 머리만 세어갑니다.

수석 壽石

수석은 자연의 산물이며
우리에게 아름다운 운치를 느끼게 하고
즐거움을 한 오큼 선사합니다

삼라만상을 보는
아나한 자연의 향수

수석은 응접실에서 뽐내며
더 한층 차의 맛을 부추겨 줍니다

그 모습을 보노라면
어느 것은 아직 때가 묻지 않은
다래머리의 청아한 여인 같다 함이여

어느 것은 구김살이 없이 밝은
부처님의 동상을 보는 것 같다 함이여

어느 것은 비봉산을 보는 것 같다 함이니
여러 가지 멋을 보도록 합니다.

*한 오큼 : 한 움큼   *아나한 : 아름답고 요염한
*다래머리 : 길게 땋은 머리   *비봉산 : 경기도 안성에 있는 산

우취인의 인생

인생은 우표 수집과 같은 거
우표 수집하듯 하루의 일과 속에
취미활동을 하며 살아가는 것

그 나라 정치, 경제, 문화유산
시대상을 집약集約하고 표현하며
문화 수준을 상징하는
국가의 표상물인 것

하나 둘 모으는 기쁨 있고
예술을 이해하는 심미안 감感을
감상하는 즐거움이 있는 것

작품을 넘기고 덮을 때
성취감과 풍성감 주는
수집인의 정서
받는 것보다 베풀어 주는 것

우리 민족 고유의 미가 담긴
지식의 샘물이며
수집인의 보물 보고서
장기저축통장이며 수집인의 분신인 것.

죽주산성竹州山城

마음의 등불

송몽주 장군의 성터
그 곳에 가고 싶다

죽주산성의 터
산성의 성벽은 군사 방어선
이곳은 교통관문의 요지요 군사요충지
혼신渾身을 다하여 힘과 지혜를 모아서
병법兵法의 진법陣法을 치고
치고 빠지고 공격하며 한없이 싸웠다

죽주산성의 터
지형적인 산의 모양새로 성벽을 쌓았다
고려 초기 이곳은 죽주의 땅
붉은 피바람이 불던 곳
오늘도 그 함성소리는 솔개바람에 몸부림친다

몽골군이 두 번씩이나 공격하여 왔으나
지피지기知彼知己면 백전백승百戰百勝이니라
더불어 같이 싸울 수 있는 것과
더불어 같이 싸울 수 없는 것을 아는 사람은 이기고
적은 사람과 많은 사람을 쓸 줄 아는 사람은 이기고

윗사람과 아랫사람이 하고자 하는 마음이 같으면 이기고
조심스레 경계함으로써
적이 경계하지 않음을 기다리는 자는 승리하며
장수가 유능하고 견제牽制하지 않으면 승리하는 길
투지와 용기로 위풍당당하게
송몽주 장군은 죽주산성의
전투에서 승리하는
용맹스러운 그 모습을 우리는 보았다

우리는 대동단결大同團結하여야 산다
죽느냐 사느냐 이기는 것은 알 수 있어도(勝可知)
그렇게 할 수는 없는 것(不可爲)
이길 수 없는 것은 지키는(守) 것이고
이길 수 있는 것(可勝者)은 치(攻)는 것이며
지키는 것은 부족하여서이니
치는 것은 남음이 있어서이니라(有餘)
적과 비교하여 모든 것이 더 잘 되어 있어야
비로소 우세한 것이며
적을 전멸시켜 이길 수가 있는 것이다

전쟁은 속임수이며

쓰면서도 쓰지 않는 척하고
알면서도 모르는 척하여야 하느니라
근이시지원近而視之遠하며
원이시지근遠而視之近하니라
병법兵法의 진법陳法을 꼭 숙지하고
군율을 지킬 것이며
남녀노소男女老少 없이 싸울지니
이 진터를 쳐다보거라
몽골군이 진陣을 치고 있나니
죽주의 농토農土를 쳐다보거라
저것들은 우리의 양식
죽주산성의 군사들이여
부모 없는 자식 없고 백성 없는 나라는 없다

몽골군에게 빼앗기지 않는
봄이 오도록 한없이 싸울지니
최후의 일각까지
최후의 한 사람까지 싸울지니
적의 화살, 칼, 창 앞에
겁내지 말며 싸울지니
우리의 대대손손代代孫孫에게

우리는 죽주산성에서
민족과 국가를 위해 한없이 싸웠노라

우리는 승리하였노라
후손에게 길이길이 남겨둘지니
죽주산성의 터
붉은 피바람이 불던 곳
오늘도 그 함성소리가 솔개바람에 몸부림친다

죽주산성의 터
그곳에 가고 싶다
우리 민족의 기상과 기백
그리고 활력이 넘쳐 있는 곳
용맹스러운 송몽주 장군의 얼을
우리는 다시 한 번 새겨 보리라.

*이진터 : 일죽 광장휴게소 앞산, 현재 자유목장, 몽골군의 진 터임

이기호 詩, 성찰의 상상력
—시집《마음의 등불》평설

李秀和

(시인 · 국제펜클럽 한국본부 부이사장)

1.

　이기호 詩(이기호 시인의 시)는 성찰省察의 미학美學으로 형상화 된다. 그의 성찰의 아름다움에는 절망이나 비애의 정조情操 따위는 털끝만큼도 틈입할 여지가 없다. 이기호 詩가 우리에게 전해 주는 화두는 눈물겨운 진정성의 존재(個我)가 돌이켜 살핀 성찰이며 상상력의 미학이다. 그의 시집《마음의 등불》(2005. 한누리미디어 刊)에는 다수의 아름다운 성찰의 상상력이 형상화 되어 있거니와, 그 대표적 텍스트 〈아픔〉에는 진정성의 존재(自我)가 현실을 견뎌내는 자성自省의 아름다움이 짙게 형상화 되고 있다.

　맑은 하늘을 쳐다보는 거다
　조개구름 속에

내 마음을 싣고
임께 보내고 싶은 거다

아름다운 달빛을 쳐다보는 거다
달빛 속에
내 마음 내 모습을
달빛처럼 보이고 싶은 거다

비봉산을 쳐다보는 거다
아침 햇빛은 소나무 숲 속에
옥로玉露는 온기溫氣로 사뿐 날아가고

내 마음이 아플 때
내 주변의 사물에 의미를 주며
날아가는 비둘기
내 마음을 싣고
임께 보내고 싶은 거다.

— 〈아픔〉 전문

예시例詩의 메타 텍스트 〈아픔〉이 어째서 '아픔'인지,
그 까닭은 예시인 텍스트를 꼼꼼히 독해하는 것으로 드
러난다. 텍스트는 아픔의 까닭을 시니피앙(기표, 記標)인
아픔이 그 아픔의 원인인 시니피에(기의, 記意)와 만나지
못하고 시니피앙의 공허한 하늘 위에 조개구름과도 같이
떠다니고 있을 따름이라는 것이다.(제1연에서) 시니피앙
'아픔'이 "님께 보내고 싶은"(제3연 후말행) 화자의 "달

빛처럼 보이고 싶은”(제2연 후말행) “내 마음 내 모습”
(제2연 제3행)이므로 결국 이 텍스트의 ‘아픔’이란 시니
피앙은 시니피에로 귀착할 수 없는 아픔인 것이다. 좀 더
직핍한 언술에 따르자면 시인 이기호 詩의 제1부 〈행복
의 길〉에 다수 노래되고 있는 인륜人倫 특히 부모영별한父
母永別恨의 정서권역에 떠도는, 생전에 다하지 못한 효孝의
덕목德目이다. 현대적 현실경계에서 ‘효도’라는 시니피앙
이 지향하는 시니피에(의미, 意味)는 무엇일까? 이같은
우문의 현답이 이기호 詩의 〈아픔〉인 것이다.

　우리는 일상생활을 통해, 특히 시인이며 교육자인 이기
호라는 현실인의 경우, 효도란 늘 강박관념이라 해도 과
언이 아닐 터이다. 더구나 그의 일련의 효덕孝德의 서정시
편들에 노래되고 있는 효심의 정서는 그에게 〈아픔〉으로
노래될 만큼이나 아름다운 강박관념화에 도달해 있는 것
이다. 효심(시니피앙 · 기표)은 아름다운 것이다. 그러나
그것이 시니피에(기의)에 이르기까지는(효의 실천에 이
르기까지) 〈아픔〉에 따르는 것이다. 효의 아름다움이 아
름답기 때문에 지녀야 하는 이 패러독스로 인해 이기호
詩는 눈물겨운 ‘아픔’으로 현실의 모든 시적 인식은 성찰
의 상상력을 통해서 형상화 시켜야 하는 것이리라. 현실
대상의 시니피앙에 대한 이와 같은 인식은 이기호 詩의
포에지(시정신)를 형성하며, 삶에 대한 그의 태도(인생
관)를 드러내 준다. 그가 시를 쓴다는 것은 효덕의 실천
바로 그것일 터이다.

　퇴근 길

야탑동에서
내일의 발걸음 돌리고
어깨 살짝 두드리고

가야 할 시간 놓칠세라
서둘러 가노라면
명주실 바람 부는데
다들 북새질이다

어느 때인가
야탑역 근처 머물고
대화 나누어 보지만

터놓고 맨도롱이
차 한 잔 나눌 명주실 우정
어디 그리 흔턴가.

— 〈친구〉 전문

  친구, 우정이라는 시니피앙(記標)이야말로 얼마나 그 시니피에(記意味)가 그리운 기호인가. 솔직히 현대인들은 시류 변화를 따라가기에도 숨이 찰 지경이다. 사정이 이런데도 "터놓고 맨도롱이/ 차 한 잔 나눌 명주실 우정"(제4연 서브 코다)을 아쉬워하는 예시의 화자의 정서에는 분명코 시대를 뛰어넘는 그 무엇이 있기 때문일 것이다. 시대 상황에 추수하는 무엇이 있다면, 시대가 바뀌어도 변하지 않는 그 무엇이 반드시 있는 법 아닌가. 예시에도 극명하듯 이기호 詩의 포에지(시정신)가 지향하는 것이 바로 변하지 않는 그 무엇을 성찰하는 상상력의 형상성일 터이다.

2.

이번에 한 권의 시집으로 상재되는 이기호 시집《마음의 등불》에는 총4부 97편의 시가 수록된다. 제1부 〈행복의 길〉에는 〈나물〉, 〈아들의 가슴에 묻어 둔〉, 〈감나무〉 등 인륜애人倫愛가 노래된 시편들이 주류를 이루고, 제2부 〈스승의 길〉에는 〈부탁〉, 〈그날 더〉, 〈내 마음 창문을 열고 살리라〉 등의 아름다운 스승의 자화상 시편들이, 제3부 〈마음의 등불〉에는 〈구박〉, 〈차 한 잔의 여유〉, 〈마음의 등불〉 등과, 제4부 〈귀〉, 〈봄〉, 〈덕유산〉 등 자성의 철학적 담론이 시적 형상성을 얻고 있는 시편들로 편성돼 있다.

이미 앞장에서 주목한 바와 같이 이기호 詩의 총체적 아우라는 효孝의 덕목을 지향하는 포에지(시정신)에 기반해 있다.

따라서 그의 시는 시대가 바뀐 오늘의 현실 상황에서도 변함없이 우리의 정서를 어거馭車해 갈 수 있는 성찰의 상상력이 형상화 된 미학이라고 단정짓게 된다. 효덕은 만상萬相의 근원이기 까닭이겠다. 곧 〈마음의 등불〉임을 본다.

당신은

온고지신의 마음씨로
늘 햇살같이
밝게 비추어 주십니다

온유한 태도로
내 곁에 다가서는
그 모습이 아름답습니다

스스로 욕망을 억누르며
때로는 엄하셨고
때로는 친구 같은
인의지정을 가르치시던 어머니

고른 사랑을 아낌없이
나눠 주시던 지혜의 여인
제 삶의 등불이십니다.

— 〈마음의 등불〉 전문

　시가 효덕의 진리를 한 편의 시로써 전언한다거나 형상화 보이기란 본질적 한계를 지니고 있지만, 짧은 시간에 인류 정신사의 큰 흐름을 이해토록 하는 데에는 시보다 더 효과적인 예술도 없다. 이기호 詩의 효덕의 포에지가 앞으로도 영구히 인류적 삶에 긴요한 시적 방법인 정합성이 여기에 있는 것이다. 예시에서의 '마음의 등불'이 어머니인 시니피앙(기표)에서 시니피에(意味像)에 이른 형상성을 얻고 있는 것은 화자만의 어머니에 머물지 않고 인류 보편적 '어머니'에 이른 이기호 詩의 절절한 성찰의 상상력이 일구어 낸 형상화 솜씨 덕분 때문일 터이다. 그만큼 이기호 詩의 효孝의 시정신은 인간과 세계를 이해하는 데 필요한 우리의 기본적 소양을 다져주는 강고한 힘이 되어줄 것이다.

　① 구박은 아무에게나 하나
　　서로가 좋아하고
　　서로가 사랑하기에 구박하는 것

　　서로 발전할 수 있는
　　여건이 있기에 하는 것

　　서로가 한 걸음씩
　　양보하고 이해하는 것
　　그렇게 살아가는 것

　② 해는 진종일 나를 보고
　　된 사람
　　든 사람
　　난 사람을 길러 주어야 한다고
　　너털웃음 짓는다

　　달은 밤새도록 나를 보고
　　더불어 사는

마음을 길러 주어야 한다고
소박한 웃음 짓는다

③ 그 날 더 잘 계획計劃했더라면
  그 날 더 잘 생각이 깊었더라면
  그 날 더 인내忍耐를 했더라면
  그 날 더 잘 실천實踐을 했었더라면
  그 날 더 그 사람을 사랑했었더라면
  오늘이 더 좋은
  바로 그 날 되는데
  왜 몰랐을까? 그 날을
  준비된 사람에게 미래가 있음을…….

　위 예시에서 ①은 이기호 詩의 패러디 정신을, ②는 그의 우주관을, ③은 인문정신을 드러내 보인다.
　①의 경우, 대중가요 〈사랑은 아무나 하나〉를 패러디하고 있는데 시적 화자의 저러한 패러디 어법은 물론 시인의 기획된 표상기법일 터이다. 그러나 한 걸음 더 접근해 숙독한다면 예시의 패러디 정신은 결코 대중가요나 패러디한 텍스트가 아니란 사정과 만나게 된다. 이기호 시인은 교육자란 사정과의 조우일 터이다. '구박'이라는 시니피앙의 기의미는 시어머니의 며느리 구박이란 맹목성이 아닌 스승이 제자에게 가하는 사랑의 교편(종아리치기 채쭉)인 것이다. 따라서 이기호 詩의 이와 같은 패러디 정신은 딱딱하고 교육적인 제재를 재미있고 유연하게 표상 이미지를 형상화 하는 효과를 거두고 있는 것이다. 패

러디란 이미 존재하는 예술 작품에 더 나은 새로운 예술
성을 부여하여 가능한 한 최상의 것으로 발전시킨 상태
또는 그와 같은 상황으로 끌어올리고 있는 상태이다. 이
와 같은 상태가 되기 위해서는, 관능과 이기주의보다는
높은 지적 수준으로 풍자 정신을 발휘하는 것이다. 예시
①에서 그와 같은 아우라를 느끼는 상태가 이기호 詩의
패러디 정신이 효과를 거둔 최상의 시적 성과라 보면 크
게 독해력을 벗어난 것은 아닐 터이다.

②의 경우, 이 텍스트에 동원된 해와 달과 별의 시니피
앙(기표)과 시니피에(기의)는 거의 일치하는 이미지다.
우리가 잘 아는 우주의 모습이다. 이기호 詩 ②의 언어
해, 달, 별은 그래서 인류가 지닌 집단무의식과 언어가
동시에 탄생하는 공동 모태, 즉 매트릭스로 명명할 수 있
다. 이는 프로이트나 라캉의 심리철학, 또는 구조언어학
이 주장하는 방식인데 쉽게 말해서 이기호 詩 ②의 해,
달, 별과 같은 언어는 우리가 발화發話하는 즉시 해, 달,
별이 상징하는 것 이외에 또 다른 의미는 없다는 것이다.
본래의 우주 과학적 시니피앙(기표)과 시니피에(기의)
외에는…. 따라서 이기호 詩가 예시 ②에서 노래하는 지,
덕, 체(해, 달, 별의 상징체)의 전인교육을 지향하는 시정
신은 매우 합당한 그릇을 얻은 조소성彫塑性의 성취라 할
만하다. 육체와 정신의 모든 기능을 건전하게 그리고 균
형 있게 발달시켜야 하겠다는 교육자 시인으로서의 이기
호 시정신이 매우 아름답게 성찰의 상상력으로 형상화
된 사례라 하겠다.

예시 ③의 경우, 이 텍스트에는 이기호 詩의 인문정신

이 극명하게 드러난다. 문학, 사학, 철학의 3중주로 흔히 명명되는 인문학은 사람에게 올바른 철학적, 종교적 인생관을 갖게 하는 비물질 생산적 학문이다. 여러 말할 것 없이 정신세계의 추구를 목표로 하는 인문주의에서 여기 이기호 詩 ③에 보이는 계획, 사유, 인내의 정신은 인간 (인격) 완성의 요체다. 생각한다는 것은 사람살이의 한 가운데 있고, 이 사람살이란 성찰, 이해, 예측, 결정의 순간을 어떻게 슬기롭게 실천하는가에 따라 그 성패가 좌우되는 것이다. 이 작업은 고달프나 성취의 낙과樂菓가 있다. 인간의 사유 행위를 플라톤은 일찍이 '인간의 가장 고귀한 실천'이라 갈파했다. '생각하므로써 존재한다'는 데카르트의 '고기토 아르고 섬'(COGITO ERGO SUM)은 또 뭐겠는가. 이기호 詩는 예시 ③ 메타 텍스트 〈그날 더〉라는 평이한 제재로, 인문학사에 또 하나의 '고기토의 깃발'을 높이 드날리게 된 것이다.

이같은 찬사가 무색치 않을 이기호 詩의 성찰의 상상력이 촌철살인하는 미학에 이른 텍스트에 주목하는 것으로 이제껏 척박하게나마 살펴온 그의 시세계 탐색에 피리어드를 찍을까 한다.

덕유산의
풍광 버려진다면
다른 산은
뼈만 남으리.

— 〈덕유산〉 전문

덕유산의 한자漢字 함자銜字가 ‘德裕山’이라면 덕유산은 덕德이 많은 산일 터이다. 그렇다면 예시 〈덕유산〉은 이기호 詩의 효덕주의 시정신, 그 성찰의 상상력이 가장 극명하게 형상화 된 미학의 텍스트인 셈이다. 덕유산의 풍광이야말로 그의 시를 읽는 우리에게는 효덕이기 때문이다. 이렇게 볼 때, “다른 산은 뼈만 남으리”라는 이기호 시인의 포에지는 만산萬山을 거느리는 덕유산의 만덕萬德만큼이나 만상萬相을 조응하는 실로 화엄사상華嚴思想의 구현에 버금가는 시정신의 구현이라 할 만하겠다. 이제 저러한 이기호 詩 의 성찰의 상상력이 가장 미학적으로 형상화 된 텍스트 〈귀〉를 음미하면서 그의 시세계 탐색의 평설을 갈음하고자 한다.

내 몸에서 풀벌레가 운다

벌건 대낮 정신없이
쫓기다 보면
귀가 흔들림을 잊는다

끝없이 일과는 돌아가고

깊은 밤
잠자리에 들려 하면
벌바람 소리
번뇌망상의 풀벌레 소리 들려온다

오늘도 귀가 운다.

— 〈귀〉 전문

　이 시의 화자는 이제 자신이 풀벌레가 되어 자신의 번민의 소리를 듣게 되었다. 자신의 성찰의 소리다. 저 앞에 살핀 효덕이나, 인문학적 사유의 성찰에서 종교적으로 심화되어갈 화엄주의 성찰에 들어선 듯한 조짐이다. 이렇게 볼 때, 이기호 詩가 처한 시적 상황이 현실길항現實拮抗의 경계로 진입하는 게 아닌가 하는 시각을 갖게 한다. 그러나, 지금까지 논의해 온 시들을 토대로 고찰할 때, 앞으로 그의 시가 걸어갈 다른 지향성은 불가피한 듯하다. 예시 〈귀〉가 그 결정적 터닝 포인트인 듯하다. 〈귀〉의 포에지는 모더니즘 시로 통하고 형식도 이미지의 조소성彫塑性도 언어의 어거력馭車力도 두루 아름답다.

이기호 시집
마음의 등불

•

지은이 / 이기호
펴낸이 / 김재엽
펴낸곳 / **한누리미디어**

•

100-845, 서울시 중구 을지로 2가 148-73
신화빌딩 401호
전화 / (02)2278-4513, 2268-4514
팩스 / (02)2268-4524

•

등록 / 제16-467호(1993. 11. 4)

•

발행일 / 2005년 8월 15일

•

ⓒ 2005 이기호 Printed in KOREA

•

값 10,000원

•

E-mail/hannury2003@hanmail.net

•

※잘못된 책은 바꿔드립니다.
※저자와의 협약으로 인지는 생략합니다.

ISBN 89-7969-273-0 03810